을지로수집
BCUT
EULJIRO COLLECTION

헬스
1042
해누리

설동주 쓰고 그림

BCUT

Prologue

잊히지 않을,
잊히지 않았으면 하는
이 골목이 살아온 시간

몇 년째, 시티트래킹이라는 이름의 작업을 해오고 있다. 호주를 시작으로
도쿄, 뉴욕, 서울 등 다양한 도시의 모습을 펜과 사진으로 담는 일이다.
여행에서 시작한 작업이다 보니 아무래도 이국적이거나 새로운 풍경에 눈이 가게 된다.
서울에서도 도시의 색깔이 느껴지는 멋진 곳들을 그리곤 했는데,
그중에서도 을지로는 뭔가 달랐다.
어딘가 익숙하면서도 거칠고 낡은 오래된 풍경이 화려한 빌딩보다 더 마음에 들어왔다.
다른 동네와는 다른 이 골목만의 매력이 있었다.

그러던 중 을지로 재개발 소식을 들었다. 철거는 이미 시작되었다고 했다.
작업실에 있었는데 바로 필름 카메라를 들고 을지로 가는 버스를 탔다.

서울이라는 도시에서 나고 자라면서 많은 변화를 겪었지만
변화 뒤에 느끼는 것은 새로운 것이 주는 반가움보다
사라지고 잊히는 것들에 대한 아쉬움이었다.
그래서인지 을지로만큼은 좀 더 많은 것들이 기록되고 기억되었으면 했다.

을지로에는 참 갖가지 장면들이 많다.
길 한복판에서는 노인들이 모여 장기를 두는데,
옆에서는 젊은 여성이 그 모습을 자동 필름 카메라에 담고 있다.
사람이 살 것 같지 않은 낡은 건물 옥탑에는 누가
그렸는지 모를 그래피티가 아직도 선명하다.
빽빽이 늘어선 간판에는 앵글, 랍빠, 씰크, 스카시, 고주파
등등 의미를 알 수 없는 단어들이 가득하다.

익숙한 듯 낯선 듯, 오래된 듯 새것인 풍경을 따라 지나가다 보면
이 거리를 지나는 사람들과 골목을 채운 물건들이 보인다.
좁은 길에는 자동차보다 오토바이와 자전거가 더 많이 보이고,
'삼발이'라고 부르는 바퀴 세 개 달린 이동수단도 자주 등장한다.
횡단보도 옆에 '손수레길 자전거'라는 표시가 있는 이유를 알겠다.
길 군데군데에는 특색 있게 생긴 손수레, 간판, 의자가 표지판처럼 서 있다.
이곳저곳 고치고 손질하고 구조를 변형시킨 흔적을 보고 있자니,
을지로의 장인들은 직접 만들어서 쓰는 걸 좋아하는 것 같다.

요즘 카페가 많이 생겼다는데, 카페보다는 다방과 커피숍 간판이 더 많이 보인다.
커피숍 간판과 유리창에는 커피 배달을 위한 전화번호가 여전히 그대로 있다.
새 카페는 이들 틈에 솜씨 좋게 숨어 있다.
지도를 보고 찾아간 카페는 오래된 건물의 3층.
미로처럼 생긴 복도를 헤매다 겨우 찾아 들어갔다.
나갈 때는 들어갈 때와 다른 출구로 나갔다.

장소와 물건을 보다 보면 사람에게도 눈이 간다.
낮에는 아버지 세대의 작업자 분들이 골목을 바쁘게 돌아다니시지만,
밤이 되면 멋진 술집과 카페를 찾아온 젊은 세대가 인산인해를 이룬다.
각자 일하다, 돌아다니다 마침내 발길 멎은 곳은 노가리 골목.
세대를 가리지 않고 등을 맞댄 사람들이 하루를 마무리하며 맥주를 마신다.

'을지로스럽다'는 표현을 사전처럼 정의할 수는 없지만,
누구나 '을지로' 하면 이런 특색 있는 모습들을 떠올리곤 한다.
선명한 이미지들을 구체적으로, 한 마디로 압축할 수 없는 이유는
70년이라는 시간이 골목마다 스며들어 지금의 을지로를 만들었기 때문 아닐까.
이런 모습들이 잊히지 않았으면 했고,
그 안에서 삶을 꾸려가는 사람들의 이야기를 더 많이 듣고 싶었다.
그래서 볼 수 있는 만큼, 찍을 수 있는 만큼, 그릴 수 있는
만큼 드로잉과 사진으로 시선들을 수집했고,
이곳에 자리 잡고 일하는 사람들을 만나 그들이 을지로와 살아온 시간을 함께 나눴다.

새로운 동네, 젊은 동네 을지로도 매력적인 곳임은 분명하다.
하지만 그 매력의 기반을 만들어준 세월,
골목 안쪽의 오래됐지만 새로운 풍경과 사람들의 이야기도
이 책을 통해 조금이나마 만날 수 있었으면 하는 바람이다.

CONTENTS

프롤로그 _6

1장 을지로의 표정 _10

"여기가 아주 재미난 데예요,
서울 같지 않은 서울" _풍년이발소

_18

2장 을지로의 풍경 _42

"을지로의 라이프스타일을 깨지 않고
자연스럽게 스며들고 싶어요" _오팔

_52

3장 을지로의 공간 _70

"을지로는 작가들에게도,
기존에 계시던 분들에게도 안정적인
지역이 될 수 있어요" _망우삼림

_80

4장 을지로의 물건 _98

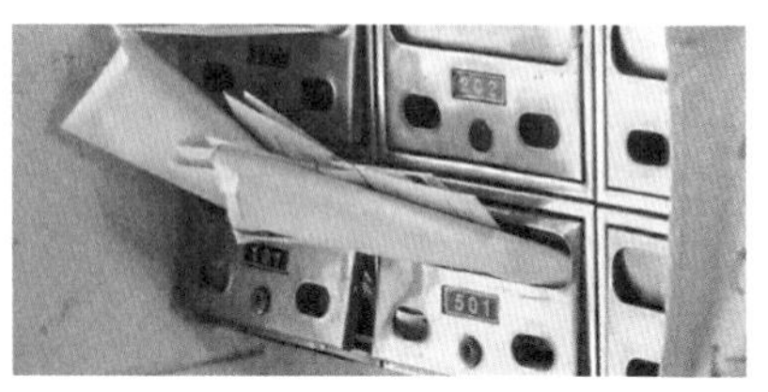

"누구나 창작할 수 있는 시대,
더 많은 책을 소개하고 싶어요" _노말에이

_106

5장 을지로의 간판 _130

"트렌디한 게 아니라
가치를 지키는 거예요" _디자인점빵

_138

6장 을지로의 시간 _160

"이곳에서 이화다방의
5대도 기대하고 싶어요" _에이스포클럽

_170

7장 을지로의 대비 _194

"을지로 스타일 속의
자기 스타일" _CAC

_202

을지로를 더 알고 싶은 당신에게 _226

에필로그 _242

1장

을지로의 표정

쌓인 시간만큼 모인 사람들도 다양하다.
경력 30년의 타일가게 사장님, 이제 막 문을 연 카페,
숨은 핫플을 찾아온 대학생, 명동에서 퇴근하고 온 직장인,
20년 전부터 나들이 다니던 어르신까지.
그날그날 요일에 따라, 시간에 따라
을지로의 표정은 각양각색이다.

**"특색이 있잖아요.
완전 삭막하게 현대적인 것도 아니고
그렇다고 완전히 가라앉은 구식도 아니고."**

우리
현대부동산
간판
실사

을지
동산
전기
다방

대성부동산
한진카렌다사
판소리·민요

을지로에 어울리는 을지대학교의
광고판이지만 정작 을지대학교는
을지로가 아닌 대전에 있다.

그래픽디자이너 YOMSNIL의
작업실 간판이다.
사람들이 많이 찾기 전부터
파출소 앞 사거리의 마스코트
역할을 했다.

구두수선·광택
500×400×350
350×250×200

여기가 아주 재미난 데예요, 서울 같지 않은 서울

INTERVIEW 1.

2019. 07. 25.
풍년이발소 이기홍

이기홍 마포가든호텔 이발소에서 12~13년 일하다 이쪽으로 왔어요, 7년쯤 전에. 지금 바로 옆에 있는 호텔 자리가 60년대에는 '판코리아'라고 굉장히 유명한 나이트클럽이었어요. 그런데 내가 처음 왔을 때는 여기가 한참 죽어 있었어요. 저녁 5시만 해도 손님이 없으니까 다들 6시면 문 닫고 퇴근하고. 6시에 문 닫고 무슨 돈을 버나 싶었어. 그래서 나는 8시까지 (했어요).

설동주 어떻게 여기로 오시게 됐어요?

이기홍 서울 시내에서 조그만 가게 하나 얻는 게 쉽지 않아요. 여기는 그때 죽어 있었으니까 임대료가 높지 않아서 부담 없이 들어왔는데, 사실 단골손님들도 제가 여기를 왜 오나 싶었다고 하더라고. 그때만 해도 장사가 안 되는 동네였으니까. 처음에는 여기 손님보다 저랑 계속 거래했던 분들이 많이 와줬어요. 전통적으로 이발은 찾아다니는 손님이 많아요. 지금도 20년 이상 단골이 꽤 돼요.

•

옛날에는 이곳에서 탱크도 만들 수 있다고 했어요.

이기홍 제가 10월에 여기에 왔는데, 그 해 겨울에 판코리아 건물을 해체하기 시작했어요. 동네의 구조가 바뀌기 시작한 시점이 그때부터였던 것 같아요. 그때 저도 고생한 게, 이 지역 대부분이 옛날 건물이다 보니 구역이 정확하게 나뉘어 있지 않아요. 한 벽을 양쪽 건물이 같이 쓰는 경우가 많아요. 지금

풍년이발소

을지로3가역 1번출구에서 손님을 맞이하는 오래된 이발소. 주인은 여러 번 바뀌었지만 '풍년이발소'라는 간판과 상호는 그대로다. 지금은 20년 경력의 이기홍 이발사가 운영하고 있다.

건축업자들은 그런 사정을 잘 모르죠. 하루는 일하는데 이 벽이 확 넘어가더라고. 대형사고 났지. 저쪽에서는 벽이 서로 붙어 있는 걸 모르니까 포크레인으로 뻥 찼는데 이쪽까지 같이 넘어간 거야. 여기만 넘어간 게 아니라 저쪽으로 붙어 있던 건물도 상당히 넘어갔어요.

설동주 서울에 아직도 그런 데가….
이기홍 여기가 아주 재미난 데예요. 서울이지만 서울 아닌 곳이 서울역하고 이쪽 동네예요. 종로, 쭉 들어가서 낙원동까지. 현대와 과거가 공존하잖아요. 지금까지 그렇고. 여기 단골손님들도 다들 어수룩한 동네손님 같아도 대부분 재력이 굉장한 사람들이에요.

설동주 어떤 분들이 많이 오세요?
이기홍 70~80년대만 해도 여기가 서울의 중심지였거든요. 그때만 해도 강남이 없었잖아요. 여기 가게 한 평만 있어도 당시에는 돈을 포대로 담는다고 그랬어요. 우리 손님들이 그랬어요, 장사 하루 끝나면 돈 세는 게 일이라고. 그게 고작 20~30년 전이죠 아마? 그때 우리나라 경제가 팽창기였는데 모든 자재와 공구가 여기서 나갔잖아요. 손님들 얘기 들어보면 진짜 청계천에서 탱크도 만들 수 있다고 (했어요). 그러니 여기다 가게 한 자리 얻는 게 하늘의 별 따기였죠. 지금은 경제가 정체되어 있어서 소비가 안 돼요. 또 인터넷 들어가면 가격 비교 싹 나오죠, 주문하면 다 들어오죠. 그러니 소비자가 발품 팔아서 여기에 올 일이 없죠.

경기도 어렵지만 패러다임이 바뀐 거예요. 그래서 이 동네가 차츰차츰 죽어갔어요. 내가 왔을 때가 최악이었던 것 같아. 그러다 갑작스럽게 변한 게, 롯데호텔하고 이쪽 대형빌딩들(시그니처타워, 파인애비뉴)이 완공된 지 2~3년밖에 안 돼요. 그때부터 뜨기 시작한 거예요. 사람들이 오기 시작하니까 핫플레이스로 갑자기 뜨더라고요. 여기 호프집이 유명하잖아요?

설동주 네, 만선호프.

이기홍 예전부터 굉장히 유명했어요. 일 끝나면 바글바글했는데 지금은 50%는 더 팽창한 거 같아요. 원래는 저런 호프집들도 여기서 일하시는 분들이 일 마치고 드시는 게 대부분이었는데 지금은 다른 데서 많이 오세요. 여기가 다른 데하고 달리 특색이 있잖아요. 완전 삭막하게 현대적인 것도 아니고 그렇다고 완전히 가라앉은 구식 도시도 아니고.

설동주 그게 섞여 있으니까 신기해요. 서울의 중심에.

이기홍 또 재미난 게 뭐냐면, 여기서 제가 오래 있다 보니 건물 허물고 다시 올리는 걸 옆에서 항상 봤잖아요? 여기가 오래된 도시다 보니 땅속에 뭐가 묻혀 있을지 몰라요. 이렇게 짓고 싶다고 계획을 세우고 건물 허물고 기초공사 하느라고 땅을 파면 예상치 못한 일이 발생하는 거야. 문화재 같은 것들이 시도 때도 없이 나오는 거야. 그게 나오면 또 공사가 중단돼요. 문화재 관리를 받아야 하기 때문에. 이 건물도 그것 때문에 굉장히 고전하면서 올렸어요. 하긴 어찌 보면 안 나오는 게 이상하지.

설동주 그렇죠. 역사가 오랜 동네니까.

이기홍 여기는 역사가 많죠. 저쪽 충무로 가다 보면 이순신 장군 생가 터가 나오고요. 그리고 또 바로 돌아들어가면 혜민서(惠民署) 자리예요. 이 이발관도 내가 한 지는 7년밖에 안 됐지만 그 전에 언제부터 있었는지 토박이들도 잘 몰라요. 저도 궁금해서 여기 오래 사신 분들한테 물어봤는데 정확하게 아는 사람이 없어요. 한 30~40년 됐나? 여기 다방(이화다방)도 그래요. 나 올 때부터 있었는데 계속 사람만 바뀐 거야. 대를 이어서 유지하는 게 다른 곳에서 볼 수 없는 풍경인 것 같아요. 최근에는 그런 전통이 많이 사라지고 있는데. 기존 것들이 하나씩 하나씩 업종이 바뀌더라고요.

설동주 여기는 원래부터 상호가 풍년이발소였어요?

이기홍 네. 제가 올 때부터 그랬어요. 처음에는 나도 촌스러워서 간판 좀 바꿔볼까 했는데, 짧은 생각인 것 같더라고요. 기존에 오시던 분들은 여기를 풍년이발소라고 생각하고 있는데, 간판이 바뀌면 권리금 주고 여기 들어온 이유가 없어지잖아요. 생각해보니 그렇더라고요. 아니다, 풍년이 차라리 낫겠다 해서 또 계속 보니까 풍년이 좋더라고. 동네와 잘 어울리는 것 같고. 여기 오시는 고객 분들도 중장년층, 노년층이 많다 보니 거부반응 없이 잘 어울리고요.

설동주 가장 기억에 남는 손님은 어떤 분인가요?

이기홍 가장 기억에 남는 손님은, 나한테는 진짜 계륵이야. 일주일에 두세 번씩

전통에 빛나는 그얼이
이 거리에 영원하리
제작년도:2004. 5. 25
협 찬:
아산양행

명보사거리에 있는
대종상영화제 기념동상.

아저씨의 젊은 시절에는
충무로가 곧 한국영화였다.

오는데 매번 막걸리 한 병 사다줘야 한다는 거야. 건물도 많이 가지고 계시고 월남전에도 참전했던 분이고, 이 동네 한량이에요. 돌아다니면서 자기 후배들 있으면 술값 내고 또 돌아다니고, 그러면서 하루 종일 보내다가 저녁에 막걸리 드시면 피곤하니까 여기서 한숨 주무시고 가시는데. 그렇게 일주일에 세 번은 다녀가세요. 이 동네 터줏대감이죠. 그분 말고는 어떤 분이 기억에 남을까. 하도 많아서…. 요즘에는 외국인 손님도 종종 와요. 저기 빌딩에서 일하는 외국인들, 장기 체류하는 분들도 좀 오더라고. 그런데 유럽이나 미주에서 오시는 분들한테는 이 분위기가 굉장히 신기한 거예요. 같이 인증샷 찍자고 하는 사람들도 있어요. 서양에서 온 분들은 다 특이하게 보더라고. 이런 분위기가 이제 거의 없잖아요. 국내에서도 시골에나 가야 있을까 서울에는 없죠. 여기는 거의 변한 게 없어요. 그때부터 계속 그냥 있으니까.

•

이제는 박물관에나 가야 있을 것 같아

설동주 사장님, 가위 같은 것도 좀 보여주세요.
이기홍 가위는 뭐 볼 게 있나? 요즘은 국산도 많이 나오는데 그래도 대부분은 일제예요. 별것 아닌 것 같아도 새로 사려면 70만~80만 원 줘야 할걸요? 또 이런 것도 아무데서나 볼 수 있는 게 아닐걸요.

설동주 어, 면도칼, 이거 쓰세요?
이기홍 나는 써요. 가위를 스트랩에 갈아 쓰는데 이걸로 한 번 문질러주면 하루 이틀은 잘 들어요. 이렇게 직접 갈아서 쓰는 건 많지 않죠. 이제는 진짜 박물관에나 가야 있을 것 같아.

설동주 이건 뭐예요?
이기홍 일회용 면도날. 한쪽으로 쓰는 거예요. 이런 면도기를 쓰는 데가 많지 않아요. 이런 건 더더욱. 스포츠나 짧은 머리 하는 사람들은 내가 밀가루를 살짝 찍어드리고서 정교하게 자르죠. 그러면 분명히 선이 보이죠.

설동주 이런 오래된 도구를 계속 사용하시는 이유가 있나요?
이기홍 이걸 써보면 눈이 굉장히 편하고, 정확하게 보여요. 미세한 층들이 정확하게 보이고 일하기가 편해요. 잘 보이니까.

설동주 의자 같은 것들은 원래 있던 거예요?
이기홍 네. 여기 도구를 새로 설치하려면 건물을 다 개조해야 해요. 계단으로 내려갈 수가 없어요. 이것도 처음에 기계를 이용해서 들여왔을 거예요. 한 번은 어떤 고생을 했냐면, 원래 세탁실이 저쪽 건물에 걸쳐서 두 평 정도 있었어요. 그런데 옆 건물을 부수면서 그 공간이 떨어져나가니까 공간이 줄었잖아. 세탁실을 우리 건물 안으로 넣어야 하니까. 그러면 그 자리에 있던 의자 하나를 놓을 데가 없잖아요. 그래서 밖에 내놔야 하는데 나갈 수가 없잖아. 내가 아무리 해체를 해도 안 되는 거야. 그래서 고물 수집하는 분들에게 그냥 갖고 가시면 안 되냐고 했더니 두 분이 왔더라고. 땀을 뻘뻘 흘리면서 하루

내내 해체해서 간신히 끌고 나갔어.

설동주 (의자) 이런 데는 가죽도 덧대가며 쓰시네요.
이기홍 그것도 좀 바꾸고 싶은데 그러려면 가게를 아예 새로 만들어야 해요.

설동주 그런데 이 오래된 의자가 전 좋은데요? 사용하시는 입장에서는 여러 가지 애로사항이 있겠지만요.
이기홍 아휴(웃음). 전통미가 물씬 풍기죠. 저 에어컨도 손님들이 보면 다 놀라요. 초창기에 나온 에어컨인데, 아주 멀쩡해요. 예전에 한번 버리려고 했는데, 손님 한 분이 청소하면 잘 돌아간다고 해서. 이 동네가 참 좋은 게, 손님들이 뭐라 그럴까, 다 식구들 같다고 해야 하나? 이것 좀 도와달라고 하면 땀 뻘뻘 흘리면서 한여름에 저 무거운 에어컨을 내려서 화장실에 가지고 가서 청소하고 세제 뿌려서, 강력세제 뿌려야 먼지가 떨어져 나가. 보통 일이 아니에요. 그런데 다 도와줘요. 아직은 그런 전통이 남아 있어요. 장사가 안 되는 것 같으면 손님들이 여기도 소개시켜주고 저기도 소개시켜주고. 원래 이발소가 단골이 많아서 그런 편이긴 한데, 여기는 다른 지역보다 좀 더 끈끈하게 얽혀 있는 것 같아요. 아직 옛날 정이 남아 있어요. 도시는 현대적이어도 건물은 옛날스럽고.

설동주 오래된 건물도 아직 많죠. 요즘 새로 짓는 건물도 많지만요.
이기홍 요즘에 빌딩이 많이 들어서면서 손님들도 젊어지는 것 같아요. 전에는 40~60대가 주였다면 이제는 30대까지 내려와요. 30대는 주로 미용실을 많이 다니는데 여기는 신기해서 한 번 와보고는 마음에 드니까.

설동주 여기 풍년 말고도 근처에 이발소가 있나요?
이기홍 어디 다른 건물에 있었다고 하던데 옮겼다더라고요. 이 동네에서 1년 사이에 이발소 3개가 없어졌어요. 아무래도 일할 수 있는 시간이나 수입에 한계가 있기 때문에 많이 벌 수 있는 직종은 아니에요. 그리고 이발사 중에 연세 드신 분들이 많아요. 나이 들면서 일을 많이 못 하는데, 그렇다고 임대료가 내려가는 건 아니잖아요. 타산 맞추기 힘든 거지.

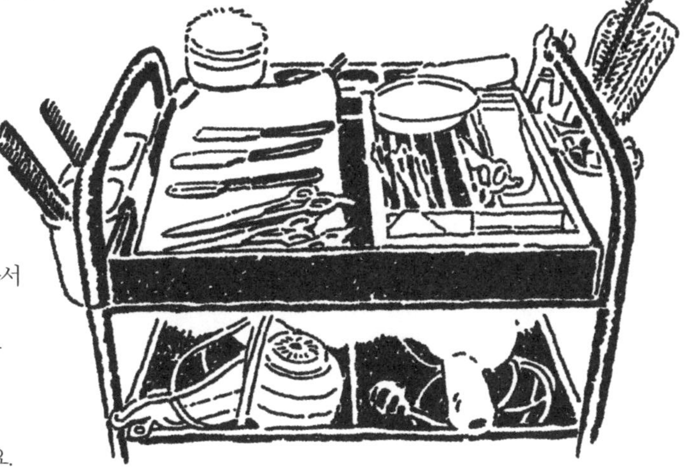

이발소가 이제 몇 개 안 남을 것 같아요.

설동주 쉽지가 않네요. 그래도 요즘 을지로가 사람들이 많이 찾는 곳이 됐잖아요. 제 또래 젊은 친구들 사이에서도 유명해지고 갈 데도 많아졌는데, 이발소에는 영향이 없나요?
이기홍 아주 없지는 않아요. 우리가 젊은 층을 공략하는 건 아니라서 크게 영향이 있는 건 아니지만 그래도 젊은이들이 종종 와요. 확실히 2~3년 사이에 진짜 빠르게 변한 게 느껴져요. 젊은 층들이 일부러 오는 것 같아요. 이런 분위기 보고 싶어서. 노년층은 이런 분위기 식상하잖아요. 여기서 오랫동안 일하셨던 분들도 이제는 외곽으로 벗어났고. 일선에서 손을 놓으니까. 그래도 모임은 다 이쪽에서 해요. 오랫동안 모였던 사람들한테는 그래도 이쪽이 제일 편한 거야. 한 달에 몇 번씩은 일부러 다 나와요. 할아버지들이 다들 여기 뭉치고 저기 뭉쳐 있잖아. 젊은 사람만 뭉쳐다니는 게 아니에요. 한 달에 몇 번씩 만나서 점심시간부터 저녁때까지 한잔씩 하고 헤어지는 거지.

설동주 제가 나이 들어도 그럴 것 같아요. 그때 가서 새로운 데를 찾아가기는 힘들 것 같고.
이기홍 그분들은 대부분 경제적으로 여유가 있는 분들이에요. 이쪽에서 나름대로 다 성공하신 분들이라 마음 편하게 와서 자주 만나는 거예요. 어떻게 보면 젊은 층들이 진짜 부러워할 사람들이에요. 시간 많죠, 재력 있죠. 나이 먹은 거 빼고는. 그런 기회들이 젊은 친구들에게도 많이 제공되면 좋겠는데. 지금 젊은 사람들은, 우리 딸도 애니메이션 하지만.

설동주 저도 애니메이션 전공이에요.
이기홍 아 그래요? 우리 딸은 일본에 공부하러 간다고 지금 학원 다니고 열공하고. 요새 다들 취업하기 어려워서 걱정이에요.

•

큰돈 버는 건 아니지만 꾸준한 게 매력

이기홍 내가 이발 배울 무렵은 미용실이 돈을 정말 잘 벌 때였어요. 우리 누님들이 미용실을 했는데 나보고 미용 배워볼 생각 없냐고 하더라고. 그때부터 남자 미용사들이 조금씩 생기기 시작했는데 제가 손재주가 좀 있어요. 그때도 미용 자격증 따려면 1~2년으로는 힘들거든요. 그런데 학원을 다니고 3개월도 안 됐는데 자격증을 따버린 거야. 되게 빨랐죠. 그 학원 기록이었고. 운이 좋아서 따긴 했는데, 남자다 보니 조금 어렵더라고. 그래서 4~5년 하다가 아예 가위 집어던지고 호텔 일을 했어요. 그러다 IMF 터지고 맞벌이하던 와이프 일자리도 정리되니까 내 월급으로는 생활이 안 되겠더라고. 그래서 다시 가위를 잡았는데 미용은 안 되겠고 이발을 시작한 게 벌써 20년 가까이 돼요.

설동주 IMF라는 계기도 있었네요.
이기홍 네. IMF 때 가장 충격을 많이 받았던 것 같아요. 잃은 것도 많고. 가지고 있던 주식도 조금 있었는데 거짓말 안 하고 다 쓰레기통에 집어넣었어요. 아파트

있던 것도 정리했고. 결국은 IMF가 다시 내가 이발을 하게 된 계기가 됐죠. 지금 생각해보면 그때 직장에 남은 사람들은 이제 정년을 걱정할 테고, 또 직장생활이라는 것도 자기 밥벌이 못하면 항상 쫓기잖아요. 세상에 공짜로 월급 주는 데가 어디 있어요. 거기다 치고 올라오는 후배들도 걱정해야 하니까 힘들잖아요. 그런데 이 직종은 시간에 쫓기지 않고, 큰돈이 들어오는 건 아니지만 꾸준한 게 가장 큰 매력인 것 같아요. 누가 뭐라 하는 사람 없고, 그나마 시간을 좀 느긋하게 살 수 있고.

설동주 저도 회사생활하다 그림을 업으로 삼아서 하고 있는데, 사장님 말씀하고 비슷한 것 같아요. 저도 오랫동안 그리다가 그냥 죽고 싶을 정도로, 자유롭게 천천히 계속하고 싶어요.

이 거리를 오랫동안 지킨

모범생의 표정.

구룡포 특선
강추메뉴
₩20,000
육회

저 좁은 시장길을

오토바이 타고 지나가신다.

오랜 시간이 지나도,
건물에 떨어지는 햇빛은 같은 자리에.

젊은 사람들이 지나가며
한두 장씩 사진 찍는 걸 사장님이 보시더니
어느 날부터인가 표정이 늘어나기 시작했다.

전문업체
청림 부동산
공인중개
등록번호:공9222000-1087 대표 강진모
2264-
출력 사랑
3-0788 2층
출력 사랑
2273-0788 2층
배 너 유 포
솔 벤 현수막
후렉스 폼보드
문점
청림 부동산
T. 2264-8541
자 서울본점
전기 ,전기자재,
전기·
고수미전기
토지 건물 포장실
청림공인중개사 부동산
T. 2264-8541
18
철물.전기.열쇠복제
도장·고무인
코팅
도장
인감 고무인

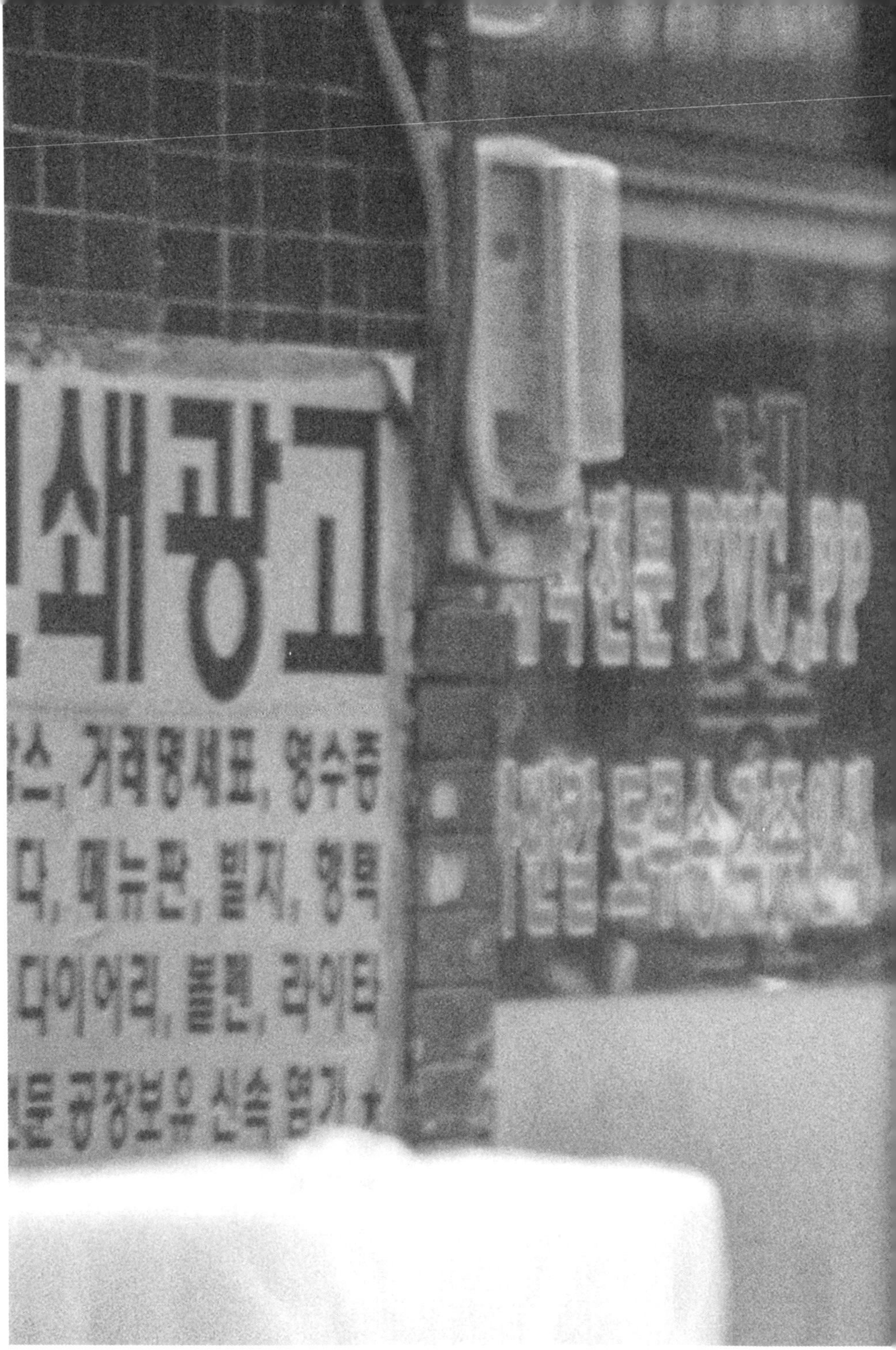
쇄광고
거래명세표, 영수증
다이어리, 볼펜, 라이타

'호박엿, 음주 전후에'

예전에는 누가 호박엿을
숙취해소용으로 여겼을까?
오랜 시간 장사해 온 사장님의
시대를 따라가는 마케팅.

유림
다이어리
YULIM DIARY
독판전문
공장직영
02-2277-3450
2277-3096
더썬
다이어리
담배
KTRA
고주파
맛보기드림
호박엿
음주전후에
맛보기드림
호박엿
음주전후에

보성공업
알곤 용접
광
금

2장

을지로의 풍경

지하철역 가는 길에 멋쟁이 노신사를 만나게 되는 곳.
원두를 살 때마다 손글씨로 설명을 적어주는 곳.
20년 지기가 구둣방에서 혼잣말처럼 담소를 나누는 곳.
늘 같은 시간에 찾아오는 어르신이 쌍화탕 향기를 퍼뜨리는 곳.
모르는 사람과도 자연스럽게 이야기를 주고받게 만드는 풍경들이다.

**"이 골목길 끝에 구둣방이 있는데요,
거기서 자주 뵙는 할아버지가 보통 멋쟁이가 아니에요.
매일 구둣방에서 수다 떨다가 명보극장에서
영화 한 편 보고 집에 가신대요."**

오래된 건물, 새 건물,
낡은 주택, 공사장 가벽까지.
남산이 바라보이는
을지로 풍경은
어제와 오늘이
자꾸자꾸 달라진다.

꽤 오랫도안 빈 광고판 상태인 중앙데코플라자 건물.

을지로 재개발의 첫 번째 주상복합건물 공사를 위한

가벽이 길게 세워져 있다.

world
SQUA

충무로2
가야쿠우동

을지로의 라이프스타일을 깨지 않고 자연스럽게 스며들고 싶어요

2019. 07. 24.
오팔 윤소영, 김요한

오팔

패션MD와 그래픽디자이너가 만든 편집숍. 빈티지 의류와 음반을 함께 판매하며, 테마별로 큐레이션된 의상과 소품, 음반을 구경하는 재미가 쏠쏠하다.

윤소영 오팔은 2018년 12월 22일에 시작했어요. 크리스마스 전에 꼭 알리고 싶었거든요. '오팔'이라는 이름은 발음하기 쉽고, 짧고, 기억하기 쉬워야 하고, 형상화했을 때 예쁜 이름이면 좋겠다 싶어서 지었어요. 더 의미를 부여하자면, 오팔 원석이 초록색처럼 보이기도 하고 파란색처럼 보이기도 하잖아요. 마치 지구 같고, 신비롭고. 그 다채로운 매력을 저희도 지니고 싶었고요.

김요한 그리고 저희가 추구하는 가치관하고도 관련이 있어요. 이름을 짓기 전에는 막연하게 '원이었으면 좋겠다'는 이야기를 했거든요. 원에 순환이라는 의미가 있기도 하고.

윤소영 원은 옛날에 팔았던 물건이 돌고 돌아 다시 여기서 판매되는 순환의 과정이기도 해요. '왜 하필 빈티지냐'고들 물어보시는데요. 저는 새 물건보다 남이 썼던 물건에 더 애착이 가더라고요. 무슨 사연이 있을까 궁금하기도 하고. 100만 원에 팔았던 아르마니 제품을 20만 원에 판매한다, 이런 데 그치고 싶지는 않고. 예를 들어 아르마니가 예전처럼 각광받지는 못하지만 전성기 제품은 지금 봐도 정말 아름답거든요. 비록 닳고 색깔도 바랬지만 그 가치를 상기시켜 드리고 싶어요. 훌륭한 브랜드는 지금 봐도 훌륭하다는 사실을 알리는 전도사 역할, 그런 걸 하고 싶어요.

설동주 그전에는 무슨 일을 하셨어요?

윤소영 저는 20년 동안 패션 MD로 일했어요. 게스, 폴로부터 시작해 휴고 보스, 아르마니, 발렌시아가와 끌로에 등을 맡았고요. 특히 에르메스 시절은

제가 직업적으로 크게 성장했던 시기예요. 도산점 오픈 멤버였는데, 정말 좋은 상사 분들이 저를 믿고 맡겨주셔서 시너지 효과를 낼 수 있었어요. 폴로에서 시작해 하이엔드 브랜드로 스텝을 밟았는데, 럭셔리를 소비하는 최상위층 고객만 상대하다 보니 갈증이 느껴졌어요. TV에서는 늘 경제가 어렵다고 이야기하는데 저희는 안 힘들었거든요. 주 고객층 소비가 늘면 늘었지 줄지 않아서 매출도 매년 두 자릿수 신장. 이제는 진짜 세계의 리테일을 해보고 싶었어요. 그래서 원래 꿈이었던 패션 디자인 공부를 뒤늦게 시작했는데, 그때 알았어요. 디자이너로서는 소질이 없다. 대신 딱딱 제품 골라내고 하나로 조합하는 건 소질이 있다.

김요한 저는 그래픽 디자이너로 일하고 있어요. 웹 에이전시에서 대기업의 글로벌 웹사이트를 만들고 유지하는 일을 했어요. 딱딱한 일이라 그런지 시간이 갈수록 갈증이 느껴지더라고요. 그러던 중에 음악과 미술은 제 최대 관심사인데, 패션 분야가 그 접점에 있다는 생각이 들었어요. 그래서 YG엔터테인먼트와 제일모직이 합작으로 만든 패션 브랜드로 이직해서 일을 했고, 지금은 오팔을 운영하면서 프리랜서로 활동하고 있습니다.

ATOMIC BOMB

•

이렇게 영향을 주고받는 공간들이 많아서 즐겁죠

설동주 오팔에서는 음악도 굉장히 중요한 부분 같아요.
김요한 음악을 시각적으로 단순하게 만들면 원이라고 생각해요. 스피커나 LP의 원처럼. 그런 부분이 '오팔'이라는 이름을 짓는 데도 영향을 줬고요. 또 제가 그래픽 디자이너이기도 하고 음악도 좋아하다 보니 자연스럽게 그렇게 된 것 같아요. 앨범 커버는 좋아하는 음악을 손으로 만지는 느낌, 악보를 보는 느낌이니까.

설동주 그 자체로 작품을 사는 느낌이 들죠. 전시회 보는 것 같기도 하고.
김요한 제가 좋아하는 뮤지션 중에 '크로메오'라는 듀오가 있는데, 음악이 굉장히 펑키해요. 내한공연도 왔는데, 공연 갈 때 어울리는 착장을 오팔에서 제시하기도 하고. 그러면서 연관성을 찾고요.
윤소영 음악을 따로 떼어놓고 생각하지는 않아요. 요즘 LP나 음반 파는 가게 많잖아요. 그렇지만 그냥 '음반도 같이 팔아요'가 아니라, 하나의 의미를 만들고 싶어요. 일례로 저희가 음악적으로나 패션으로나 굉장히 존경하는 '프린스'라는 아티스트가 있어요. 2019년 4월이 추모 3주기거든요. 그래서 4월에 아티스트를 기념하는 컬렉션을 열자고 했어요. 저희 파트너 중에 '스트로모브카'라는 편집숍이 있어요. 같이 연계해서 프린스 퍼플레인 컬렉션을 했어요. 비가 떨어지는 모습을 형상화했고, 다 보라색으로 꾸몄어요. 실제로 음반도 소개하고. 포스팅 보면 노골적으로 오마주한 것도 많아요. 다 연결돼 있다는 걸 보여주려고.

설동주 서로 연결해주는 작업을 많이 하셨네요.
윤소영 저희 아랫집이 '경일옥 핏제리아'예요. 거기 사장님이 감사하게도 '오팔을 테마로 한 피자 메뉴를 만들고 싶은데 그래도 되냐'고 제안하셨어요. 영광이죠. 굉장히 특이한 맛이에요. 앤초비와 고수의 만남이거든요. 지금도 메뉴에 있어요. 이것도 을지로의 매력이더라고요. 요즘은 옆집이나 아랫집과 교류할 일이 별로 없잖아요. 하지만 여기서는 친하게 지낼 뿐 아니라 서로 영감도 받고요.

설동주 다른 지역은 기본적으로 경쟁하는 분위기인데 을지로는 연대, 연합 같아요. 혹시 친하게 지내시는 이웃 분들이 또 있나요?
윤소영 '작은물'이라는 카페가 있어요. 옛날에 쓰던 사각형 조그만 물통을 가게 창문 밑에 간판처럼 붙여놓은 곳이에요. 바리스타 분들이 낮에는 커피를 만들다가 밤에는 변신해요. 공연도 기획하고 직접 연주도 하고. 저희 가게 커피도 작은물 원두예요. 그런데 원두 살 때마다 매번 수기로 패키지 써주시고 꽃잎을 붙여주세요. '이게 무슨 의미예요?' 했더니 이런 걸 모으는 게 좋으시대요. 정감 있잖아요. 이렇게 영향을 주고받는 공간들이 많아서 즐겁죠.

쇄

•

경계를 허무는 조합, 공감각적인 공간

설동주 이 공간은 어떻게 찾으셨어요?
김요한 사실 계약하기 전에 온전한 공간을 못 봤어요. 물건이 가득 차 있었거든요. 계약하고 나서야 공간이 보였고 정말 엄청나게 청소했어요. 하지만 좋은 점이 많았어요. 일단 뷰가 좋아요. 창밖으로 보이는 풍경이 멋지잖아요. 그리고 화장실도 내부에 있고, 작지만 이렇게 한 층 전체를 다 쓰는 곳이 많지 않거든요. 저희가 을지로 좋다는 이야기도 많이 하지만, 현실적인 부분도 고려해야 되니까. 접근성도 좋죠. 편하게 올 수 있겠다는 생각을 했어요.

설동주 공간 구성도 이야기 좀 해주세요.
김요한 구조는 가급적 손대지 않으려고 했고요, 가장 중요한 건 이 테이블이에요. 공간의 무게감을 잡아줄 물건을 생각해서 만든 거예요. 인테리어 디자이너 분은 처음에 철제 테이블을 제안하셨어요. 그런데 철제는 느낌도 차갑고, 음악을 틀면 소리가 부딪쳤을 때 자극적으로 들리거든요. 사람을 예민하게 만들어요. 그래서 우리는 돌 소재였으면 좋겠다고 했어요. 이거 화강암이에요. 철 프레임에 나무를 대고 그 위에 화강암을 붙였어요. 저희가 오팔이다 보니 빛과 돌이 중요한 소재였는데, 만들고 보니 빛이 닿았을 때의 느낌도 정말 좋더라고요.

설동주 과하게 반짝이지도 않고, 광석 같네요.
김요한 마감을 어떻게 하느냐에 따라 많이 달라진다고 하더라고요. 그리고 저희 로고. 빛이 비쳤을 때 유리창에 저희 로고 상이 맺히게 하려고 조명 높이도 조절하고 유리도 교체했어요. 자연스럽게 가운데에 맺히는 게 좋을지, 하나씩 맺히는 게 좋을지 고민하고, 조명도 부탁드리고.

설동주 가구들도 오래된 것들을 골라오셨어요.
윤소영 예전에 삼청동에서 누비 한복을 배웠는데, 선생님이 가게 이사하면서 처분하신다길래 반닫이와 장롱 같은 것들을 사왔어요. 집에 놔봤는데 고가구의 매력이 참 좋더라고요. 그래서 내 가게를 열게 되면 공간에 고가구를 놓겠다고 그때 결심했죠.
김요한 가구도 그렇고, 소품도 을지로와 어울렸으면 좋겠다는 마음으로 하나하나 배치했어요. 오브제는 올려다볼 때와 내려다볼 때의 느낌이 전혀 다르잖아요. 그래서 힘이 많이 들어간 것들은 위쪽에 진열했어요. 경외심이 들게. 반대로 캐주얼한 물건은 낮게 배치했고요.

설동주 디테일 좋은 것들이 너무 많아요. 손님들은 어떤 분들이 오세요?
윤소영 저는 제 또래의 30~40대, 경제력 있는 분들을 예상했어요. 그런데 90%가 20대나 30대 초반이고, 자기 스타일이 확고한 분들이 오세요. 처음에는 매번 '어떤 스타일 찾으세요?', '찾으시는 물건 있으세요?' 했는데, 남편이 안 그러는 게 나을 것 같다고 하더라고요. 이미 자기가 뭘 골라야 할지 아는 사람들이라, 약간 무심한 듯 놔두는 게 좋겠다고요.
김요한 처음에는 진열도 남녀 옷을 구분해놨었어요. 하지만 지금은 스타일로는 나눠뒀지만 젠더는 구분하지 않고 섞어놨어요. 자기에게 맞는 걸 사면 되니까.

윤소영 재미있는 게, 여기서는 좋은 브랜드라고 팔리는 건 아니더라고요. 브랜드의 이름값보다는 내 눈에 예뻐야 하고 내 스타일과 맞아야 해요. 저도 코디하는 걸 좋아하니까, 유명 디자이너 옷이랑 이름 없는 빈티지를 섞어놓으면 재미있어요. 이게 낯설지 않은 조화고, 또 경계를 허무는 일이기도 하고요.

김요한 인터넷에 정보 올릴 때도 어떤 브랜드라 하기보다는 테마, 주제에 맞춰서 이야기해요. 공간도 마찬가지고요. 특히 저는 공감각적인 것들을 중요하게 생각해요. 음악, 테이블, 빛. 온라인 쇼핑보다는 와서 보시고 사면 좋겠다는 바람이 있어요. 소재 좋은 것들을 만질 때의 느낌이 있잖아요.

설동주 왜 을지로를 선택하셨어요?

김요한 저는 미술 공부를 해서 친숙한 곳이에요. 재료 사러 오고, 충무로까지 그래픽 인쇄하러 다니기도 했고. 그런데 자기 색을 가진 가게들이 생기기 시작했을 때는 사실 조금 놀랐어요. 을지로에서 이런 작업도 할 수 있구나, 한 번도 생각해본 적이 없었거든요. 특히 모두가 창작자 분들이라는 데 끌렸어요. 커피를 내리건 음식을 하건 기본적으로 창작하는 사람들이 모이는 곳이고. 저희도 지금은 판매만 하지만 언젠가는 뭔가를 만들어내고 싶다는 생각을 늘 갖고 있거든요.

윤소영 저는 반대로 자주 올 이유가 없는 낯선 동네였어요. 처음에는 여기에 가게를 낸다니 굉장히 생경하게 느껴졌어요. 무척 러프하잖아요. 그런데 믿고 따라와 보니 정말 매력적인 게, 원래 계시던 분들과 새로 들어온 창작자 분들이 놀랍도록 잘 융화되고, 새로 온 사람들도 을지로의 모습을 깨뜨리지 않으면서 녹아들고. 분위기를 그대로 유지하면서 자연스럽게 살짝살짝 노출하는 게 정말 좋았고요. 그리고 평일과 주말의 모습도 많이 달라요. 평일에는 기계가 덜컥거리는 소리, 배달 가는 소리, 음식 냄새, 심지어 쌍화탕 향기까지 나거든요. 저는 그래서 평일이 더 좋아요. 평일 을지로에 오시는 분들도 그 활기를 좋아하시더라고요.

설동주 비슷하다. 저도 평일과 주말이 다른 게 매력적이었거든요.

윤소영 이 동네에 출근하시는 쌍화탕 할아버지가 계세요. '어르신, 힘들지 않으세요?' 하고 여쭤봤는데 너무 즐거우시대요. 항상 뽕짝을 틀어놓고 다니시는데, 비주얼도 비주얼이지만 쌍화탕 냄새가 환상이에요. 이분은 주로 아침에 오시고.

설동주 이 골목에 오시는 거예요?

윤소영 네. 골목 에피소드 하나 더 들려드리면, 길을 쭉 따라가면 구둣방이 나와요. 보통 구두 수선 맡기면 안 가고 기다리잖아요. 그런데 거기서 자주 마주치는 할아버지가 보통 멋쟁이가 아닌 거예요. 을지로 여기저기 건물을 갖고 계셔서 구둣방을 사랑방 삼아 매일 나들이 나오신대요. 구둣방 사장님과 대화하는데, 독백하듯이 '주말에 어디 갔잖아' 하시면 구둣방 사장님은 '그치' 대답하시고.

설동주 저도 아까 지하철역에서 중절모까지 노란색으로 싹 맞춰 입으신 멋쟁이 할아버지를 봤어요. 우산 딱 들고. '을지로의 멋쟁이' 코너를 넣고 싶네요.
윤소영 여기 나이 드신 멋쟁이들이 많아요. 그래서 그날은 이야기하다가 아예 가게로 모시고 왔어요. 여기에 옷가게가 있냐고 굉장히 궁금해하셔서. 그분은 매일 구둣방에 출근하셔서 수다 떨다가 명보극장에서 영화 한 편 보고 집에 가신대요. 모르는 사람과 구둣방에서 말을 섞게 되고, 정말 재미있는 경험이었어요. 어색하지도 않고. 을지로니까 가능했던 것 같고요.

•

'을지로의 멋쟁이' 코너가 있어야겠어요

설동주 좋은 점도 많은데, 아쉬운 건 없나요? 을지로라는 지역의 아쉬움.
윤소영 요즘 핫플레이스라며 뜨고 있지만 단발성 트렌드로 남아선 안 될 동네인데. 여기의 매력은 융화잖아요. 아직 강남권 사람들까지는 융화가 잘 안 되고 있고요. 20대들은 한시적으로 재미있어하는 것 같고. 특색이 계속 유지되면 좋겠는데, 저희는 원래 여기 계시던 분들을 존중하는 게 바탕에 깔려야 한다고 봐요. 저희는 이미 다 만들어놓은 터전에 숟가락 얹듯 온 거니까. 아까 말씀드린 경일옥 핏제리아도 이름이 재밌죠. 원래 70년대 바로 그 자리에 있던 설렁탕집 이름이에요. 서울에서 제일가는 집. 지금 피자집 사장님이 그 이름을 써도 된다고 허락받고 쓰고 있는 거고요.

설동주 오랜 역사가 쌓여 있는 게 정말 재미있어요. 이런 것들을 많이 소개하고 싶어요.
윤소영 저희가 경일옥 이야기를 들은 것도, 피자집 사장님과 두 번째 만났을 때인가? 서서 막 이야기하다가 들은 거예요. 그게 참 신기했어요. 서로 아직 경계할 만한 사이인데도 넉살 좋게 별의별 이야기 다 해주시고.

설동주 보통은 처음에 인사하고 지내다가도 시간 지나면서 자연스럽게 끊기게 되는데, 을지로에서는 네트워크가 계속 이어지는 게 참 부럽고 좋아요. 역사가 쌓여 있고.
윤소영 맞아요. 먼저 계시던 분들의

라이프스타일을 깨뜨리지 않는
선에서 저희처럼 새로운 사람들이
스며들면 좋겠어요. 변하긴 변하겠지만,
깊숙이 파헤쳐보면 새로운 요소가
들어와 있다는 걸 알아차릴 수
있는 정도지 모두 다 바뀌어버리는
변화는 아니었으면 좋겠어요.

설동주 라이프스타일을 깨뜨리지
않는다는 말 참 좋네요.
김요한 저도 비슷한 생각이에요. 추가로
이야기해보자면, 마지막 재료는
'시간'이라는 말 있잖아요. 이 건물이랑
골목, 가게 다 시간을 품고 있는데,
그런 공간과 대비돼서 저희 가게도
새롭게 보일 수 있는 거라고 생각해요.
그런데 요즘은 시간을 품고 있는 것의
가치가 너무 낮게 평가되는 것 같아요.
이 가치가 잘 지켜지면 좋겠어요.

을지로와 명품 빈티지숍,
낯선 듯 잘 어울린다.

새로운 카페와 오래된 공업사가
어우러져 있듯이.

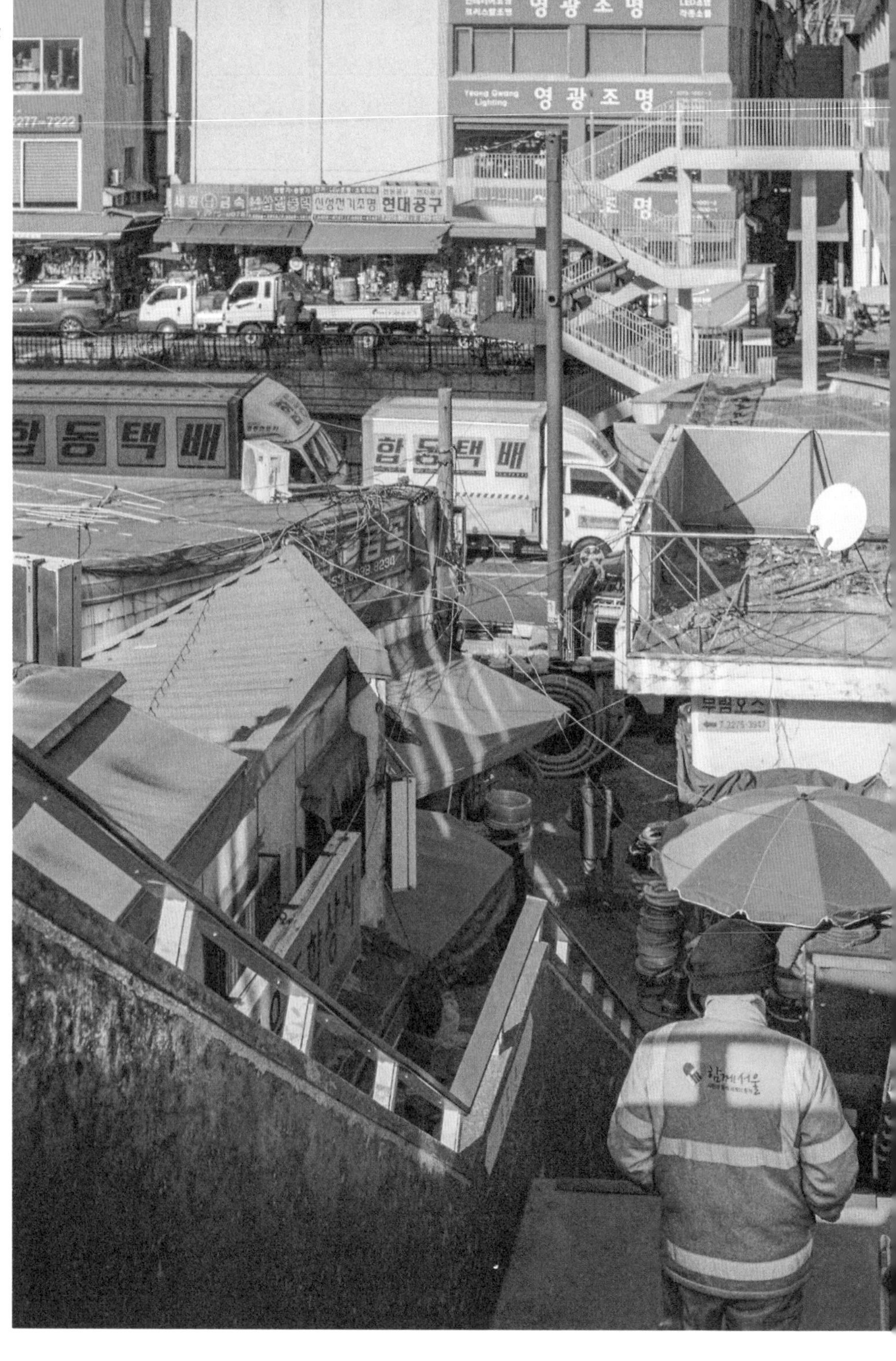
영광조명
Yeong Gwang Lighting
영광조명
현대공구
함동택배
함동택배

을지로3가
Euljiro 3(sam) - ga
乙支路三街 ウルチロ
152
3692

세운상가라인 건물들은
을지로 탐험의 거대한 이정표 역할을 한다.

진 양 꽃 상 가
성문인쇄
신가네
숯불
갈비
2267-3986
호프
노래장
복사
TIGER
やきとり

송천식품
송천식품
송천식품

3장

을지로의 공간

1층에는 인쇄, 타일, 공구, 조명, 분식집과 다방, 오래된 맛집들.
2층과 3층에는 젊은이들이 찾아오는 소담한 카페, 독특한 가게들.
마치 10년 전 찍은 사진과 어제 찍은 사진이
한 롤에 들어 있는 필름 같다.

**"어디든 히트치는 공간은
작가들이 먼저 만들어놔요.
경리단도 마찬가지고 연남동, 망원동, 해방촌,
다 작가들이 먼저 갔어요."**

화장실
화장실
TOILET
화장실
TOILET
샤워실
미성년자출입금지
애견주의
녹화 중
주차금지
차고앞 주차금지
아르바이트 구함
NO SMOKING
금연
마포 걸레
CCTV녹화중
박카스D
꼬깔콘
301

식사중
男 女 종업원구함
영업중
OPEN
불조심
소화기
소화기
회의중
정기휴일
비상구
담배
KTRA
CASIO
MOTEX
우산

화장실
화장실
TOILET
화장실
TOILET
샤워실
마포 걸레
감시용 카메라 녹화중
주차금지
차고앞
주차금지
알르바이트 구함
NO SMOKING
금연
감시용 카메라 녹화중
CCTV녹화중

공간을 설명하고,
안내하고,
주의시키고,
끌어들이기 위한

갖가지 사인들.

계산기와 CD,
가계장부책까지 현역인 이곳에는
디지털카메라 시대에 굳이 필름을 쓰는
그리운 고집스러움이 담겨 있다.

와글와글 모인
과자도 한곳에.

LEONARD COHEN: LIVE SON

을지로는 작가들에게도, 기존에 계시던 분들에게도 안정적인 지역이 될 수 있어요

2019. 07. 30
망우삼림 윤병주

윤병주 사진관 치고는 소품이 엄청 많은데, 제가 워낙 만지는 걸 좋아해요. 예전에 로마에 간 적이 있는데, 눈으로만 보기에는 이미 익숙한 것들이잖아요. 워낙 사진을 많이 찍어서 눈으로 보는 데에는 둔감해지기도 했고요. 그렇지만 한 번 만져보면 느낌이 달라요. 그런 걸 좋아해요. 어디를 가든 눈으로만 보는 게 아니라 벽이라도 한 번 만져야 내가 여기 왔다 갔다는 느낌이 들어요. 비행기를 타고 갈 때 홍콩을 경유해서 가면 홍콩 가봤다고 하지 않잖아요. 안 만져보면 공항에만 있는 거나 다름없는 것 같아요. 경유한 걸로만 치면 세계일주 다 했겠죠.

설동주 여러 감각 중에서 촉감을 말하는 사람은 별로 없는데, 재밌는 포인트네요. 망우삼림(忘憂森林)은 어떤 곳이에요?
윤병주 사진관이자 현상소, 그리고 이야기가 있는, 말하자면 '살롱'을 표방하는 공간이에요. 전문작가들, 사진을 취미로 하든, 사진은 한 번밖에 안 찍어본 사람이든 누구나 여기에 와서 을지로 이야기도 할 수 있고, 미술에 관한 이야기, 가게 이야기, 사진 이야기까지 뭐든 소통할 수 있는 공간을 만들고 싶었어요. 목적성이 확실했어요. 작가생활 경험을 바탕으로 양질의 사진을 제공하고, 경험이 부족하거나 카메라가 낯선 분들에게 제가 가진 것들을 나누고 싶었어요. 나아가 취미 너머에 있는, 예를 들어 사진의 역사랄지 작품사진, 나아가 미술에 대한 이야기를 전달하는 역할도 하고 싶어요.

망우삼림

윤병주 사진작가가 운영하는 사진관 겸 현상소 겸 살롱. 네온사인 간판과 타일, 꽃무늬 커튼 등이 흡사 홍콩영화의 한 장면을 연상시킨다.

설동주 이름도 정말 독특해요.
윤병주 대만에 있는 숲 이름이에요. 정작 저는 그런 게 있는 줄 몰랐고 지인 통해서 알게 됐어요. 사실 그 이유 때문만은 아니고, 제가 영화를 엄청 좋아해요. 어릴 때부터 정말 많이 봤어요. 특히 홍콩 영화부터 환상이 시작됐죠. 미래에 내가 뭘 할지 모르겠지만, 내 작업실을 열든 가게를 차리든 네 글자로 된 한자 간판을 무조건 달아야겠다.

설동주 아, 저 간판이요?
윤병주 네, 그게 꿈이었어요. 뭘 하든 간판은 무조건 한자로 된 네 글자짜리 네온사인. 그때 홍콩 영화는 화양연화, 중경삼림, 다 네 글자였잖아요. 그리고 홍콩 영화 보면 네온사인 다 나오죠. 타일도 많이 나와요. 식당들이 다 외부로 나와 있다 보니 시멘트가 아니라 타일을 쓰는 거예요. 그런 이미지들을 계속 간직하고 있다가 스무 살 때 딱 정했어요. 나는 술을 좋아하니까 술집을 내면 한자 네 글자로 된 네온사인 간판에 내부는 홍콩 분위기 나게, 그리고 무조건 타일. 그런데 술집을 차리려면 술에 박학다식해야 하는데 저는 소주밖에 안 먹거든요. 아, 술집은 안 되겠다 생각하니 남은 게 사진관이더라고요. 그래서 저는 홍콩 영화를 좋아하는 제 감성과 아르헨티나의 정서를 섞어놨어요. 제가 어릴 때 잠깐 아르헨티나에 살았거든요. 아르헨티나 되게 멋있는 나라예요. 꼭 가보세요.

•

을지로식 공존법

설동주 '사진' 하면 충무로 아닌가요? 충무로와 을지로는 가까우면서도 완전히 다른데, 을지로3가로 오신 이유가 있나요?

윤병주 사실 저도 '알고 보니 을지로'였어요. 작년(2018년) 3월에 가게 알아보기로 처음 결심을 했는데, 정작 8월까지 집에만 있었어요. 나가지도 않고 아무것도 안 하고. 두려웠어요. 저는 원래 작가로 살고 싶었는데, 사진관을 하면 사진 찍을 시간이 없거든요. 지금이 딱 그렇죠. 절필하게 될까 봐 무서웠어요. 어느 날 친구가 부르더라고요. 고민만 하지 말고 나오라고. 그때 지하철 타고 나온 데가 이 11번 출구였어요. 그런데 여기 이 건물에 '임대'라고 딱 붙어 있더라고요. 나온 김에 한번 올라가본 거죠. 정말 오랜만에 움직여서 다리가 후들거려요, 빈혈이 오고. 해를 보질 않았으니까. 2층에 가보니 딱 제가 원하는 평수였어요. 속는 셈치고 부동산에 물어보니 심지어 가격도 싸. 깜짝 놀랐어요. 내친 김에 3층도 보여달라고 했는데, 원래는 여기 가운데가 막혀 있었어요. 301호, 302호 두 개가 통으로 나온 거죠. 그러면 가운데를 뚫어도 되냐고 물었더니 된대요. 거기서 혹한 거죠. 왜냐면 뚫으면 창문이 이렇게 커지니까. 그래서 충무로는 생각도 안 하고 시작했어요. 내 공간 아무 데나 차려놔도 상관없다 싶었으니까. 저는 오로지 예쁜 게 중요했어요. 뭘 몰랐을 때 우연히 발견한 거죠. 여기가 정말 명당자리거든요. 제가 오기 전에 100명도 넘게 물어보고 갔대요.

설동주 그런데 왜 안 들어왔지?

윤병주 여기가 구조상 음료를 못 팔아요. 다 카페만 물어본 거야. 그래서 두 달이나 비어 있었대요. 그때만 해도 을지로에 음식을 팔 수 없는 건물이 되게 많았어요. 그런 건물은 다 시세보다 싸죠.

설동주 어찌 보면 운명이네요.

윤병주 이 커튼은 그날 문을 열고 들어왔을 때 딱 떠오른 거예요. 앗, 이런 실루엣을 만들고 싶다. 저는 어떤 공간에 어떤 인테리어를 해야겠다고 계획을 착착 세우는 편이 아니에요. 즉흥적이거든요. 그러다 보니 시행착오도 생겨요. 여기도 컨셉이 잘 안 맞는 물건들이 있어요. 하지만 나중에 보면 또 괜찮은 것 같기도 하고.

설동주 오히려 그게 재미있는 것 같아요. 올 때마다 뭔가 달라져 있거든요. 어떤 때는 조금만 달라지는데 어떤 때는 아예 구조가 바뀌고 새로 들어오고. 사실 운영하면서 그러기가 쉽지 않잖아요.

윤병주 인테리어뿐 아니라 장비들 때문인지도 몰라요. 계속 들어오고 있으니까. 예전에는 저도 꾸미는 거 좋아하고 멋 부리고 다녔는데 지금은 전혀 신경 안 써요. 장비 욕심만 내지. 지금 스캐너가 3개인데 하나 더 준비하고 있거든요. 현상 때문에.

설동주 요즘 현상소가 많이 생기는 추세 아닌가요?

윤병주 이미 많이 생겼죠. 더 생기는지는 모르겠어요. 벌써 서울에만 6~7개 정도 생긴 것 같아요.

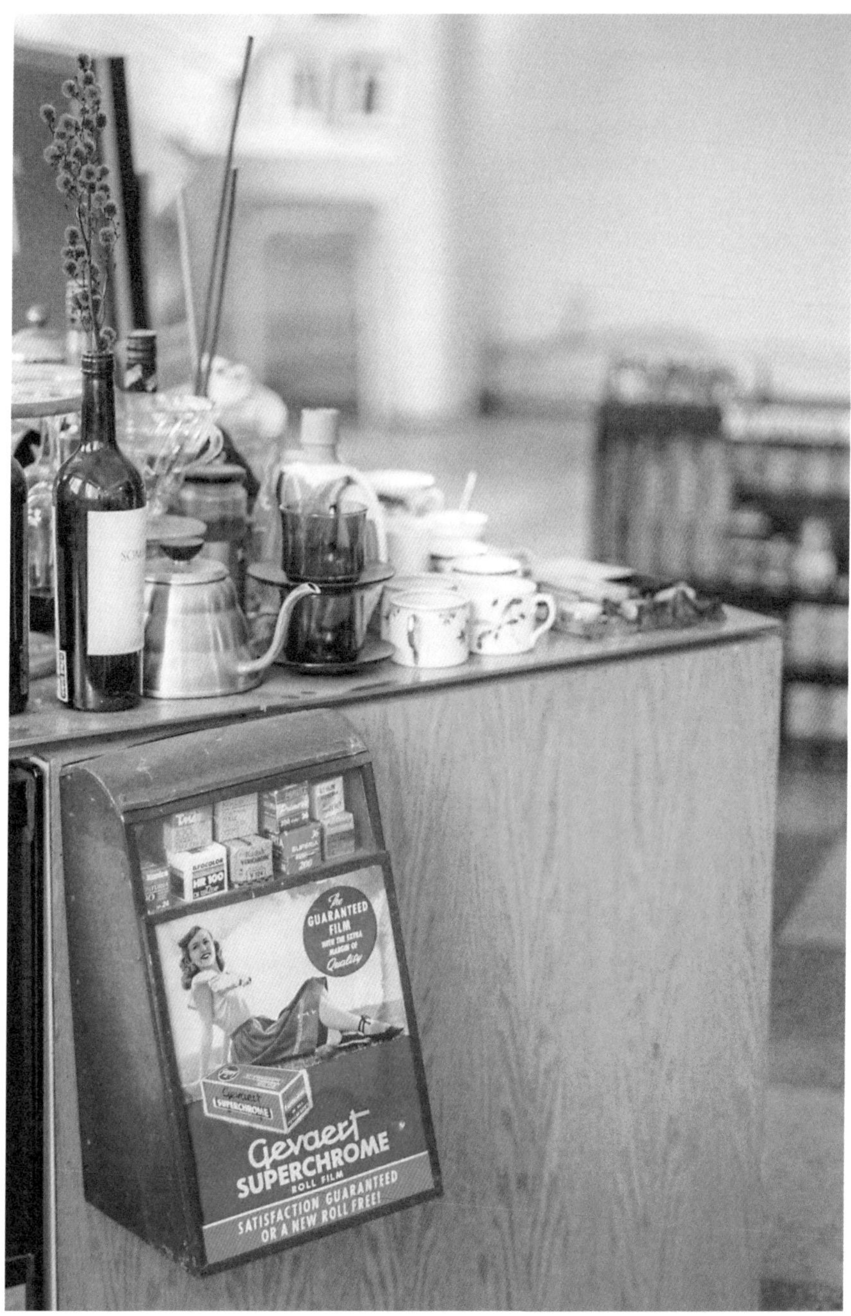
GUARANTEED
FILM
Gevaert
SUPERCHROME
ROLL FILM
SATISFACTION GUARANTEED
OR A NEW ROLL FREE!

설동주 필름사진이 최근에 유행이잖아요. 그래서 현상소도 많아지지 않을까 생각했는데 6~7개면 생각보다 적네요.
윤병주 몇 년 동안 새 현상소가 없다가 망우삼림이 생기고, 그 뒤로 5개월 동안 6개가 생겼대요. 필름 사진 찍는 분들이 많이 늘어난 게 결정적인 이유겠지만, 기존과는 다른 망우삼림이라는 현상소의 등장도 큰 역할을 했을 거라 생각해요. 자부심을 갖고 운영하고 있습니다.

설동주 을지로에 오시니 어때요? 여기만의 매력이 있나요?
윤병주 제가 워낙 맛집을 좋아해서 을지로는 어렸을 때부터 수시로 다녔어요. 그렇게 돌아다니면서 이 일대를 다 찍어놨죠. 사람들이 몰리기 전, 작가들이 들어오던 시절이에요. 어디든 히트치는 공간은 작가들이 먼저 만들어놔요. 경리단도 마찬가지고 연남동, 망원동, 해방촌 다 작가들이 먼저 가요. 월세가 싸거든요. 가서 예쁘게 꾸며놓으면 밖에서 작업실 보고 '어, 저기 카펜가 본데?' 하면 아니나 다를까 카페가 생겨, 아니면 작가들이 힘드니까 커피라도 팔아볼까 해서 직접 팔아, 그게 시작이에요. 을지로도 '신도시'가 시작이잖아요. 신도시도 작가들이 자기들 놀려고 만든 거니까. 우사단은 제가 1호고요. 우사단 붐 일어날 때 제가 사진 작업도 많이 도와줬어요. 그런데 지금은 매력을 잃어버렸어. 우사단이야말로 지역 특색이 강한 곳이었는데. 여기는 한국 사람들이 대부분이지만 거긴 정말 다양했거든요. 재미있었고. 지금은 안 그래요. 우리가 그렇게 만들었다는 생각에 마음이 아프죠.

설동주 을지로는 지금 어떤 것 같나요?
윤병주 을지로는 지금 방향이 좋다고 봐요. 기존 가게들이 1층에 현존해 있고. 1층은 우리가 파고들지 않잖아요. 우리는 2,3층에 있는데, 우사단은 원래 있던 식당 쫓아내고 미용실 오래 했던 사람 나가게 하고 전혀 다른 게 들어오니까 완전히 변해버렸어요. 공존하지 못했어요. 그런데 을지로는 가능해요. 우리는 1층에 못

들어가요. 왜냐면 을지로는 1층 분들이 건물주인 경우가 많거든요. 덕분에 2,3층 월세가 싼 거예요. 그래서 을지로는 지속 가능할 것 같아요. 이런 방향이라면 젠트리피케이션도 방어할 수 있는 거죠. 경리단길이나 망원동도 정책적으로 1층은 건드리지 않고 2,3층에 젊은 사람이 들어올 수 있게 했으면 문제될 게 없었다고 봐요. 을지로가 앞으로의 롤모델이 될 수 있지 않을까요.

설동주 지금도 기존 분들과 새로 오신 분들이 잘 어우러져 있는 것 같아요.
윤병주 재개발만 안 하면 잘될 것 같아요. 건물을 다 헐어버리려고 하는 게 정부 탓이나 서울시 탓만은 아닐 거예요. 건물주들이 너무 팔려고만 하는데, 그래도 을지로는 다른 데보다 위험부담이 적지 않나? 그런 것들만 조심하고 지켜주면 좋을 것 같아요.

설동주 공존할 수 있는 게 포인트겠네요.
윤병주 네, 같이 가는 거죠. 깡그리 재개발되지 않는 한, 여기는 젊은 작가들이나 사업하는 젊은 분들에게 안정적인 지역이 될 수 있어요. 부동산에서는 상주인구가 없어서 상권으로는 큰 가치가 없다고 하던데 제 생각은 좀 달라요. 오히려 10년 이상 장사하는 것보다 지금처럼 트렌드 따라 들고나는 게 젊은 사람들에게는 더 유리하지 않을까 생각합니다. 저야 사진관이니 오래 할 거지만, 카페 같은 경우는 유행을 타잖아요. 안 돼서 망하는 게 아니라 아 이제 빠졌구나, 바뀌었구나, 하고 자연스럽게 교체되는 시스템이랄까요.

•

기대감을 파는 일

설동주 현상소 사진관 하시면서 기억나는 손님이나 재미있던 에피소드가 있다면?
윤병주 너무 많죠. 이 자리에 앉아 있으니 생각나는 게, 어느 날 두 딸과 어머니가 오셨어요. 딸은 대학생 정도 됐겠더라고요. 딱 이 자리에 앉으셨어요. 어머니는 옛날에 필름을 써보셨으니 다 아시는데 딸들은 모르죠. 그래서 딸한테 가르치세요. '저걸 꽂아가지고 저렇게 하는 거야.' 그 딸이 집에 있던 거라고 필름을 가져온 거예요. 마침 손님도 없어서 바로 스캔을 했어요. 손님들은 고대로 앉아서 커피 마시며 수다 떨고 계시고. 스캔한 사진 속에서 그 딸은 유치원생 정도고 동생은 아예 갓난아기예요. 어머니는 아주 젊은 시절이고요. 놀이터에서 딸 둘에 어머니까지 셋이 있는데, 제가 스캔하면서 사진 속 모습을 보잖아요. 그리고 저쪽에는 세 모녀가 앉아 계시잖아요. 갑자기 시공간이 뒤틀리면서 굉장히 머리가 아팠어요. 그 감각이 뭐였냐면, 〈인터스텔라〉 같은 거예요. 똑같은 자리에 똑같은 사진이 보이는데 어머니는 너무 젊고 아름다우시고, 딸 둘도 어렸을 때 그 얼굴 그대로인 거예요. 그 경험은….

설동주 말 그대로 소름 돋는 경험이네요.
윤병주 스캔된 게 화면에 뜨잖아요. 그 화면과 앉아 계신 손님들이 시야에 함께 보이면서 그렇게 된 거죠. 필름이 살아 있는 것도 신기하지만 인물이나 구도가 정말 강렬하고 신기했어요.

그 사진은 집에 걸어놓았다고 하시더라고요. 현상소 일의 매력 중 하나예요. 내가 하면서 감동받을 수 있는 일 중 하나, 보람을 느낄 수 있는 일 중 하나.

설동주 진부하지만 마지막으로, 필름 사진의 매력은 뭘까요?
윤병주 아까 말했던 그런 감동에서 매력을 느끼고요. 한편으로 지금은 결과물을 디지털로 받으니까 훨씬 빨라졌잖아요. 그래서 필름 사진은 오히려 기대감이 더 커지는 것 같아요. 옛날에는 사진이 늦게 나올 걸 아니까 3일 후에 와야지, 하고 돌아가요. 그런데 지금은 1시간이든 2시간이든 30분이든 금방 나오니까 기다린다고요. 그 기대감이 사진의 가장 큰 매력이라고 생각해요. 보고 싶잖아요. 내가 어떻게 찍었는지, 잘 찍었는지, 못 찍었는지 궁금하잖아요. 궁금해서 미칠 것 같은 그 심정이 가장 큰 매력이죠. 한 번은 일본 가서 필름을 4롤 정도 찍었는데, 죽을 것 같은 거예요, 너무 보고 싶어서. 손님 게 밀려 있으니 내 걸 먼저 하지도 못해, 그러니까 더 미치겠는 거죠. 직원에게 중간에 내 거 넣어도 되냐고 물어봤더니 안 된대요. 그날 오후 1시쯤 도착했는데 결국 밤 9시가 돼서야 제 걸 현상했어요.

설동주 필름 나오는 데 오래 걸리나요?
윤병주 당일에 나와요. 그것밖에 장담을 못하는 거죠. 1시간 걸립니다, 2시간 걸립니다, 그런 말을 해줄 수가 없어요. 변수가 너무 많거든요. 오늘 제가 낮 2시에 나왔는데 이렇게 다른 일이 있는 날은 새벽 2시까지 해야 해요. 선배님들 이야기 들어보면 운명이래요. 이 직업을 택한 순간 새벽에 잠 못 자는 건 어쩔 수 없대요. 다행히 지금은 즐거워요. 필름이 이야깃거리를 참 많이 만들어줘요. 만약 증명사진관을 차렸거나 프로필 사진만 찍었다면 지금보다 재미가 덜했을 것 같아요. 필름은 손님과 대화를 할 수 있으니까. 사실 프로필 사진만 찍는다면 고객이 곧 돈이거든요. 그런데 필름 맡기시는 분은 그분이 3000원짜리 일을 맡겨도 저는 5000원짜리 음료를 대접할 수 있어요. 어차피 그냥 친구고, 와주셔서 얘기 나누는 게 재미있어서 하는 거니까.

설동주 어떤 마음인지 알 것 같아요. 그런 게 살롱의 느낌, 지향점일 수 있겠네요.
윤병주 필름 붐이 정말로 꺼질지 안 꺼질지 모르겠어요. 하지만 앞으로도 필름만 계속 나와준다면, 필름카메라를 오래 하셨던 분들이 남아준다면, 그때는 필름사진 꾸준히 하면서 하루 100롤만 일정한 시간과 퀄리티로 작업할 수 있으면 좋겠어요. 돈가스 맛집에서 하루 판매량이 한정되어 있는 것처럼, 하루 100롤만 하고 저는 제 작업을 하는 거죠.

설동주 앞으로의 계획을 다 세우셨군요.
윤병주 하하하. 아니에요. 실수도 많이 했어요. 스스로 부족함을 많이 느꼈죠. 가게는 저도 아직 초보니까요.

설동주 이제 시작한 지 1년도 안 됐잖아요. 앞으로가 기대됩니다.
윤병주 이러다 평생 돈 못 벌면 어떡하죠? (웃음)

필름에는 사진뿐 아니라 이야기가 들어 있다.

COFFEE SHOP
T. 267-7948
274-5505

탐지기
추적기
녹음기
장비
매점

TSG-2010
대봉

영랍빠
274-8552
010 9005 8552

너무 귀여운 타이포그래피.
세월이 지나면서
전화번호가 휴대폰번호로 바뀌었지만
원래 간판을 그대로 쓰시는 건
귀찮아서일까, 애정 때문일까?

빼꼼 열린 문 때문인지
가게 안이 궁금해진다.

추천 클래식
이올린협주곡 1·2·3
구노 - 나의 조국, 파우스트
아노 협주곡 1·2.
혼, 오보에 협주곡
향곡 2·3
- 교향곡 3
키 - 교향곡 6, 1812 서곡
교향곡 8
마주리카
스 - 왈츠, 폴카
곡 22, 101, 100
곡 1, 아라베스크
턴, 발라드
교향곡 1, 헝가리안 댄스
ctave Since 1985
COMBAT!
ABBADO
MAHLER
OSCAR PETERSON
JOHN COLTRANE

4장

을지로의 물건

구석에 붙은 스마일 배지, 테니스공을 끼워놓은 의자,
바구니와 부속품이 주렁주렁 매달린 자전거,
손잡이에 노란 테이프가 칭칭 감긴 손수레.
이곳에는 정답대로 생긴 모범생보다는
이 공간, 이 골목, 이 가게에 맞도록
제각기의 답을 내놓은 물건들로 가득하다.

**"예전에는 제작하시는 분들,
미술 관련된 분들이 많았는데 요즘은
구경 오시는 분들이 많아요.
데이트 하러 와서 식사 전에 잠깐 저희 서점에 들르고."**

앵글
약

2층

을지로에는 이걸 어떻게 구했을까
싶은 물건들이 있다.

나무 합판으로 직접 만든 우편함,
이곳에선 모두가 아티스트다.

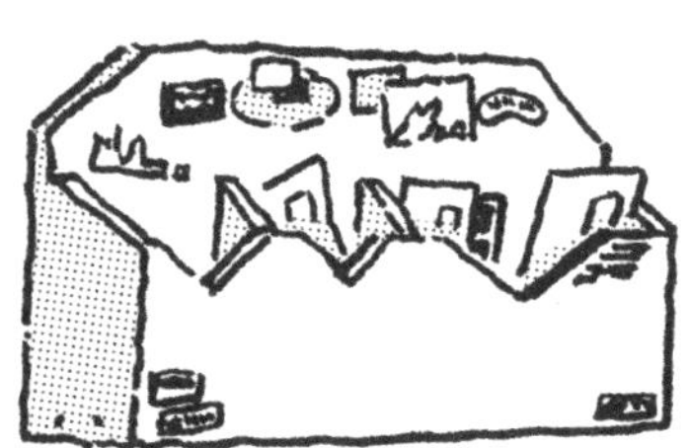

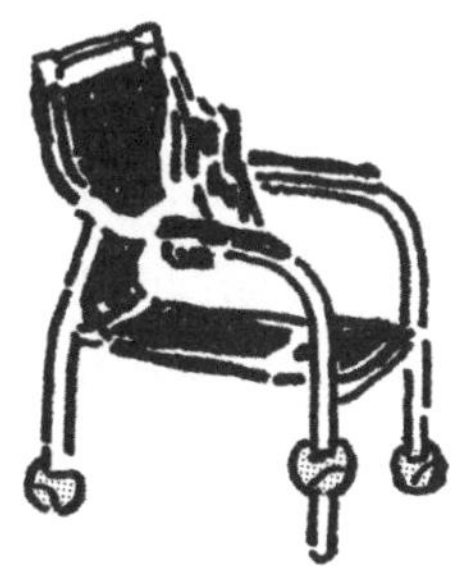

자세히 보면
귀여운 것들이 가득.

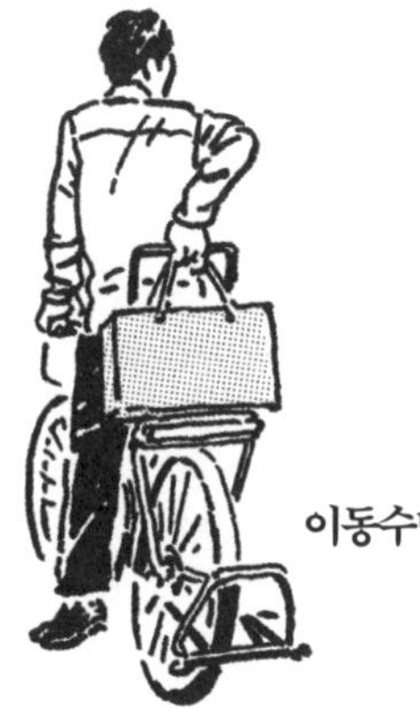

자전거는 을지로에서
가장 사랑받는 이동수단이다.

손수레 손잡이 끝에
걸어놓은 옷.

402
302
202
101
501

누구나 창작할 수 있는 시대, 더 많은 책을 소개하고 싶어요

INTERVIEW 4.

2019. 07. 29.
노말에이
서지애, 김진영

노말에이

을지로3가에 위치한 독립서점. 디자인 스튜디오 131WATT를 함께 운영한다. 책과 문구류를 함께 판매하는데, 공간은 작지만 에세이, 그림책, 디자인 서적 등 다양한 책을 구비해놓았다.

서지애 131WATT라는 디자인 스튜디오를 2013년에 시작했고, 클라이언트에게 작업을 의뢰받거나 자체 프로젝트를 하면서 그림책을 처음 만들었어요. 당시에는 그런 출판물을 소개하는 서점이 많지는 않았거든요. 그래서 이런 책들을 소개하고 우리 작업도 보여줄 수 있는 공간이 있으면 좋겠다 싶어서 조금씩 준비해 2015년에 장충동에서 서점을 열게 됐어요. 1년 후에 을지로로 이사했고요. 노말에이는 책과 문구를 함께 소개하는 작은 책방이에요.

•

30년간 덧댄 시간의 흔적

설동주 '노말에이'라는 이름은 무슨 뜻이에요?
김진영 우선은 'No Answer'의 줄임말이고요. 또 노말(normal)이 평범한, 보통의, 그런 거잖아요. 평범한 대답, 보통의 대답 즉 A만이 정답은 아니라는 뜻으로 만든 건데, 여기서 내가 찾는 대답을 알아갔으면 좋겠다는 의미예요.
서지애 원래는 노말이 아니라 '노멀'로 써야 맞는데, 닫혀 있는 느낌이 들어서 일부러 어른들 발음처럼 '노말'이라고 했어요.

설동주 스튜디오에는 어떤 일이 많이 들어오나요?
김진영 보통은 기관이나 기업에서 책, 홍보물을 만들어달라는 의뢰가 많고요. 미술관이나 영화제에서 사용하는 프로그램 북, 카탈로그, 리플릿 같은 거. 회사 소개 카탈로그도 있고.

설동주 처음에 장충동에 계셨잖아요. 옮긴 계기가 있어요?

서지애 장충동 서점도 독립된 공간이긴 했지만, 1층에 건물주 분이 살고 계셨어요. 그러다 보니 벽에 못 하나 박기도 힘들었고, 한계가 많았어요. 꾸미고 싶은 건 많은데 할 수 있는 건 없으니 계속 괜찮은 자리가 나는지 알아봤어요. 그런데 장충동은 임대료도 높은 편이고 나오는 공간도 별로 없고, 그래서 주변을 보다가.

김진영 저는 원래 인쇄소 때문에 을지로에 자주 다녔어요. 강북에서 태어나고 자라서 시내라고 하면 을지로, 종로 같은 곳이 익숙하거든요. 교통도 좋고.

서지애 우연히 하나를 딱 봤는데 자리도 공간도 좋아서 옮겼어요.

설동주 하나 보고 바로 계약하신 거예요?

서지애 네. 장충동에 너무 물건이 없으니까 한번 보기나 하자고 해서 왔는데, 창문도 크고 스튜디오와 분리할 수도 있을 것 같아서 바로.

김진영 사실 여기도 처음부터 상태가 좋지는 않았는데.

서지애 다방이었거든요. 30년간 다방이었는데, 일단 천장이 굉장히 낮았어요. 처음에는 간단하게 뜯으면 될 줄 알았는데 뜯다 보니 불이 났던 자리라 뭘 할 수가 없더라고요. 예전에 계셨던 분들도 30년 동안 불난 자리 위에 덧대서 공사하다 보니 폐기물도 많고.

김진영 예전에는 조명이며 전깃줄을 안에 다 숨겨놓았으니까. 단도 많았고, 벽에 옛날 나무장식도 많았어요. 이 벽도 저희가 만든

팔팔종합상사
식자,도안,필림,제판
BOOK
성문타일
수전금구, 위생도기, 악세사리
Fax 2269-6558
www.sungmoon.net
F.2265-9515
F.2274-4078
BOOK IS
ANSWER.
121
121-2
처음처럼

거예요. 원래 합판이었던 걸 시멘트로 새로 세웠고요. 그래서 을지로가 이런 데라는 걸 확실히 알았죠(웃음). 천장 뜯는 작업은 전문가에게 맡겼는데, 그분들도 이 정도일 줄은 몰랐다고 하시더라고요.

설동주 장충동에서 서점 하실 때와 어떻게 다른가요?
김진영 장충동이나 을지로나 서점 하기 어려운 건 마찬가지예요. 하지만 분위기는 처음 왔을 때와 많이 달라졌다는 걸 느끼죠. 예전에는 제작하시는 분들, 미술 관련된 분들이 많았는데 요즘은 말하자면… 관광객? 구경 오는 분들이 많아요. 데이트 하러 와서 식사 전에 잠깐 저희 서점에 들르고. 저희도 모르는 사이에 지속적으로 홍보를 해주시더라고요.

설동주 나 여기 서점 왔어, 하고 올리는 식으로.
김진영 그렇지만 저희는 서점 내 촬영은 안 되고요. 홍보에 굳이 사진이 필요하다고 생각하지는 않아서. '그러면 홍보는 어떻게 하냐'는 분들이 간혹 계셔서 난감할 때는 있어요. 가게 운영은 어떻게 하는지 캐묻기도 하고.

설동주 그런 경우가 간혹 있다고 들었어요. 을지로에서 장사하는 건 어떤지, 여기는 어떻게 구했는지.
김진영 연남동 떴을 때 느낌이잖아요, 지금 을지로가. 그래서 관광객 많은 동네의 기분도 알 것 같고요. 사실 저는 '힙지로'라는 말 좋아하지는 않거든요. 자꾸 미디어에서 그런 단어를 노출시키다 보니 다들 그렇게 받아들이는 것 같고. 을로수길은 없나? 을리단길(웃음).
서지애 확실히 처음 왔을 때와는 분위기가 많이 달라졌어요. 일단 저희는 밤에 조용해서 좋았거든요. 타일, 조명집은 다들 6시면 퇴근하시고 아무리 늦어도 7시에 닫으시는데, 지금은 유명한 가게가 생기고 사람들이 많이 오면서 시끄러워지고 길도 어수선해지기도 했어요. 말하자면 장단이 있죠. 갑자기 커지다 보니 부작용이 있긴 해요.
김진영 원래 파스타집, 스테이크집이 있을 만한 골목이 아니었는데, 지금은 엄청나게 변했죠. 예전에는 젊은 사람 보기 힘든 골목이었지만 이제는 반대가 돼버려서. 좋은지 아닌지는 사람마다 생각이 다를 것 같아요.

설동주 혹시 임대료에도 영향이 있나요?
김진영 저희 건물은 아직 괜찮아요. 입주 사장님들이 워낙 오래 계셨던 분들이라. 구조도 조금 특이해서 아마 더 그럴 거예요. 이 골목 섹션이 다 붙어 있거든요. 입구를 낸 기준으로 주인 분들이 있다고 들었어요, 상가처럼. 말하자면 큰 상가를 저 사람한테 이만큼, 이 사람한테 저만큼 분양을 해준 거예요. 그래서 재개발이 힘들다고 하더라고요. 주인이 너무 많으니까. 대부분 건물이 그런 식인데 을지로4가는 다 재개발됐으니까 여기도 또 모르죠. 그리고 주인마다 성향이 다 달라서, 일부러 젊은 사람에게 임대해주려는 분들도 많다고 들었어요. 젊은 사람들이 들어오면 낡은 것들 알아서 다 고쳐주니까.

설동주 여기 골목이 붙어 있구나. 그럼 여기 위아래 사시는 분들, 주위에 계시는 분들과는 이야기도 나누고 그러세요?
김진영 저희는 업종도 다르고 제삼자다 보니 그분들을 지켜보는 입장인데, 다들 같은 업종이니 잘 지내시지만 라이벌 의식도 있는 것 같아요. 서로 뭐 하는지 유심히 보시고. 저희가 트럭 한 대를 불러도 와서 보세요. 저희가 올 때만 해도 동네에 젊은 사람이 별로 없었거든요. 그래서인지 처음에는 그분들과 부딪치기도 했어요. 세로 간판 자리가 있는데, 누가 봐도 저희 건데 사장님들이 자기들 거라고 우기셔서 반반씩 하자고 했더니 저희한테 비용 다 내라고 하시고. 그때 화를 한번 크게 냈죠. 요즘은 어려움 없이 잘 지내요.

•

작은 공간에 다양한 취향을 채우는 작업

설동주 문구와 책을 같이 판매하시는데, 비중은 어느 정도예요?
서지애 책 70, 문구 30으로 유지하려고 해요. 책은 개인 제작하시는 분들이 많잖아요. 하지만 문구는 무조건 사업자가 있는 제품, 계속 라인을 출시할 수 있는 제품 몇 개만 가져와요. 그중에서도 책과 연관이 있는 품목, 그러니까 노트나 펜 위주로 하죠.

설동주 책 종류가 굉장히 많아요.
서지애 그런 말씀 들으면 정말 기분이 좋아요. 어떤 분들은 '책 별로 없네' 이러고 그냥 가시는데, 되게 상처받거든요.
김진영 큰 책방이 아니다 보니 가져오는 데 한계가 있죠. 입고 과정에서 문의 메일을 받고 확인하고 답하고 책을 들여오는 것도 간단한 일은 아니고요. 특히 북페어 하면 좋은 책 많이 나오니까, 입고문의가 안 온 책들도 저희가 먼저 찾아서 직접 입고하기도 해요. 직원이 있으면 편하겠지만, 독립서점들이 대부분 직원 써서 사업하는 상황이 아니니까요.

설동주 저도 해봤지만, 독립출판은 하면 할수록 고민이 많아지더라고요. 아까 말씀하신 특이한 책을 저는 계속 하고 싶거든요. 외국 서점에서 이것도 책이구나, 이렇게 볼 수도 있구나 싶은 책들을 보면 머리 한 대씩 맞은 느낌이 들고, 저도 그렇게 한 방 날릴 수 있는 책을 만들고 싶고요.
김진영 정말 좋죠. 그게 창작자의 입장인 것 같아요. 그런데 정말 괜찮은 책들이 안 팔리는 경우가 아쉽죠. 창작자와 독자의 입장 차이라고 해야 하나. 저희가 봤을 때는 다 좋은 책이지만 기본적으로 베스트셀러의 조건은 이야기가 있는 책인 것 같아요. 글이 있는 책, 글로 된 책.
서지애 그런데 외국 손님들은 또 기준이 달라요. 그분들은 우리나라에서 유명한 책들을 잘 모르니까 자기가 보는 대로 고르는데, 취향이 다른 게 보여서 신기해요. 색다른 책을 골라서 카운터로 가져오실 때마다 정말 기분이 좋아요. 국내 독자들이 잘 안 찾는 책들을 좋아하기도 하고.

설동주 저도 그런 적 있어요. 교토 서점에서 로컬 작가의 작품을 발견하고 이 책 정말 좋다고 했더니 사장님이 웃으시더라고요. 이 책이 좋냐고, 의외라고. 그런 마음 아니었을까요.
김진영 맞아요. 유명한 책, 안 유명한 책에 대한 선입견이 없고, 취향도 다르니까요.

SEOUL
EUROPE
OSAKA
ZERO PER ZERO

문이 있어요. 원래는 시신이 나가는 문이었대요. 그런데 지금은 한양 성곽길 같은 산책로가 짧게 있어서 산책하기도 좋고, 이태원 느낌도 나고 게스트하우스도 많이 들어오고, 조금씩 뭐가 생기는 것 같고요.

서지애 저는 신당동 쪽으로도 이사하고 싶었어요. 조용하고 차분한 느낌이 있어서. 스튜디오는 원래 홍대 마포 창업센터에 있었고, 여러 군데 다녔거든요. 공간을 계속 찾다 보니까.

설동주 을지로에 다른 독립출판 서점은 없나요? 이 지역에 잘 어울릴 것 같은데.

서지애 자세히는 모르지만 을지로4가에 '커넥티드 북스토어', 충무로에 '스페인책방'이 있다고 들었어요. 하지만 품목이 다른 게 아니라면 굳이 한 지역에 여러 개 있어야 할 필요는 없다고 생각해요.

김진영 책을 파는 입장에서는 사실 품목이 겹칠 수밖에 없거든요. 시장이 커졌다고 해도 많이 팔리는 책은 정해져 있어요. 대형서점들도 마찬가지고요. 사진 현상하면서 부가적으로 사진집을 판매한다거나 하는 공간은 있다고 들었어요.

설동주 혹시 을지로 외에 매력 있다고 생각하시는 곳이 있나요?

김진영 광희문이요. 을지로에서 신당동 넘어가기 전에 동대문처럼 생긴 조그만

설동주 이다음에 또 어디로 가실 계획 있나요? 이 지역 재개발 이야기도 나오던데요.

서지애 안 가는 게 가장 좋죠. 여기서 조용히 잘 운영하고 싶은 게 우선이고. 이미 재개발 구역이긴 하지만, 그 이유보다는 책을 더 많이 들이고 싶은데 공간 제약이 아쉬워서 넓은 곳으로 가고 싶다는 욕심은 있어요. 좀 더 다양한 분야의 책을 들여놓고 싶은데 그게 안 되니까요.

설동주 원래 책 좋아하시는구나. 좋아하는 사람이 엄선해서 가져온 느낌이 나거든요. 독립출판 시장규모가 많이 커졌는데, 그런 부분에서 계획이 있다면요?

김진영 시장이 커지고 을지로가 주목받고 있기는 하지만 서점의 부활과는 약간 거리가 있어요. 저희는 저희 가게를 안정적으로 꾸려가는 게 1차 목표예요.

시스템을 잡아야죠. 힘들게 일하는 만큼 보람이 있어야 한다고 생각하는데, 사실 서점은 내일 당장 그만둬도 이상하지 않을 만큼 힘든 일이거든요. 특히 관리가 힘들어요. 거래하는 작가들 중에 사업자등록이 없는 분도 있고, 재입고를 했는데 연락이 안 되기도 하고. 심지어 계좌가 없어져서 정산해주고 증빙을 못 받기도 하고. 아마 모든 책방들이 안고 있는 문제일 거예요.

설동주 콘텐츠 측면에서는 어떠세요? 계획이나, 흐름이나, 바라는 점이 있나요?
서지애 글쎄요. 시장이 커지면서 좋은 책도 늘어났지만 안전한 방향을 추구하게 됐다고 해야 할까. 예전에는 특이한, 날것의 책들이 많았거든요. 물론 그때와 비교해서 행간, 글씨체 같은 요소는 훨씬 좋아졌죠. 말하자면 독립출판물인데 기성출판물 같은 책들도 많아서 그 경계가 조금씩 없어지고 있어요.
김진영 사실 그것도 편견이죠. 바코드가 있으니 독립출판이 아니다, 이런 거. 지금은 누구나 창작할 수 있다고 생각하는 시대가 된 것 같아요. 물론 유행이 있기는 해요. 사진집이 많이 나올 때가 있고, 에세이가 많이 나올 때가 있고. 그렇지만 요즘은 종류가 정말 많아졌으니까, 저희도 다양한 책을 더 많이 소개하고 싶고요. 앞으로도 계속 그럴 수 있었으면 하죠.

각양각색 모두 다른

을지로의 물건들 사이,

정답 없음을 이야기하는 계단.

한눈에 봐도
한두 해
쌓여 있었던 게 아니다.
당황스러움과
의아함을 넘어
귀여움까지 느꼈다면

지금이
바로
카메라를
들
순간.

동네 작은 마트에서
많이 쌓아두고
파는 물건은
그 동네를
더 잘 알 수 있게 한다.

을지로는 확실히
벌레는
많은가 보다.

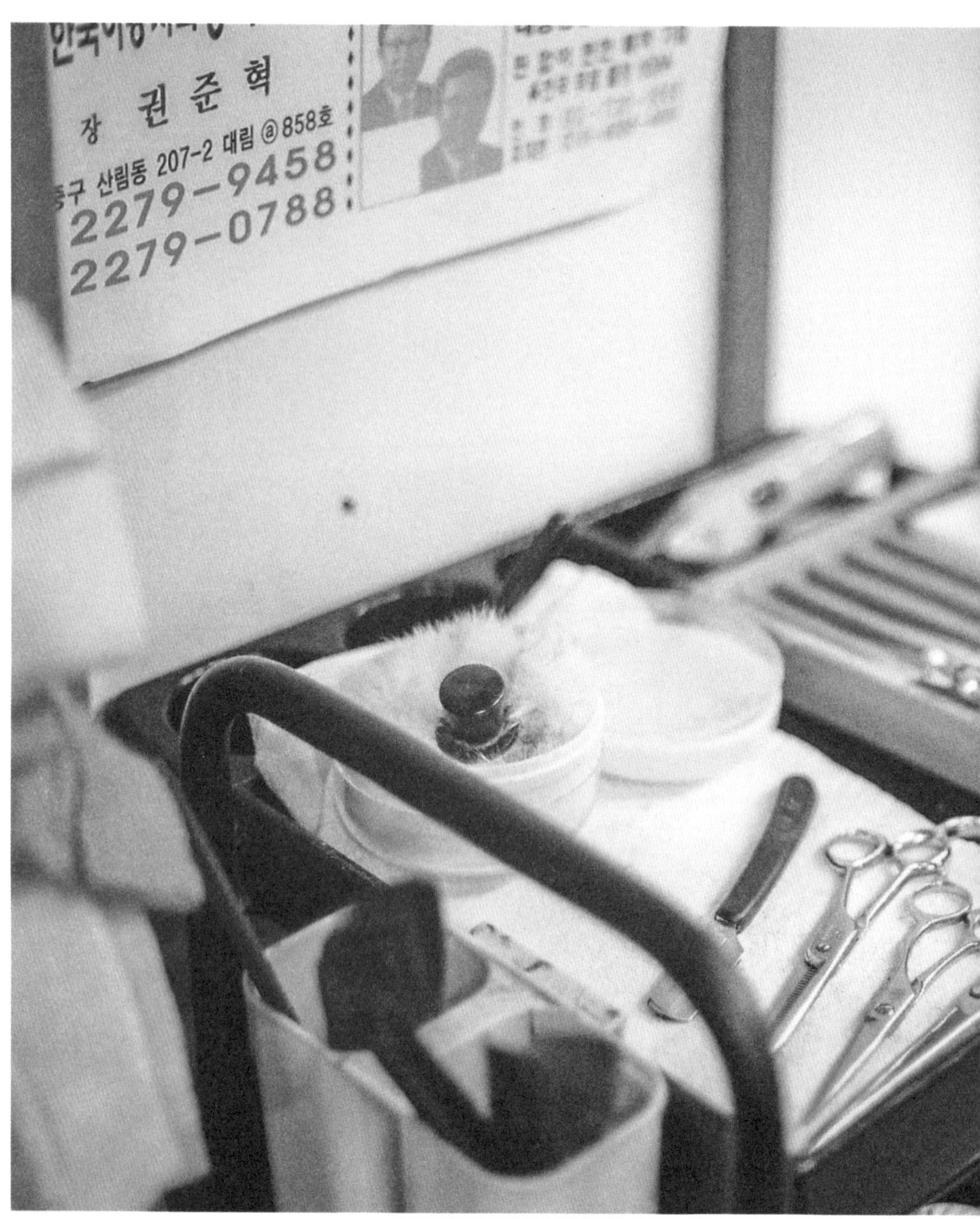
권 준 혁
장
구 산림동 207-2 대림 @858호
2279-9458
2279-0788

물건이 기억을 할 수 있다면
우리는 그것들에게서 많은 걸 배울 수 있을 것이다.

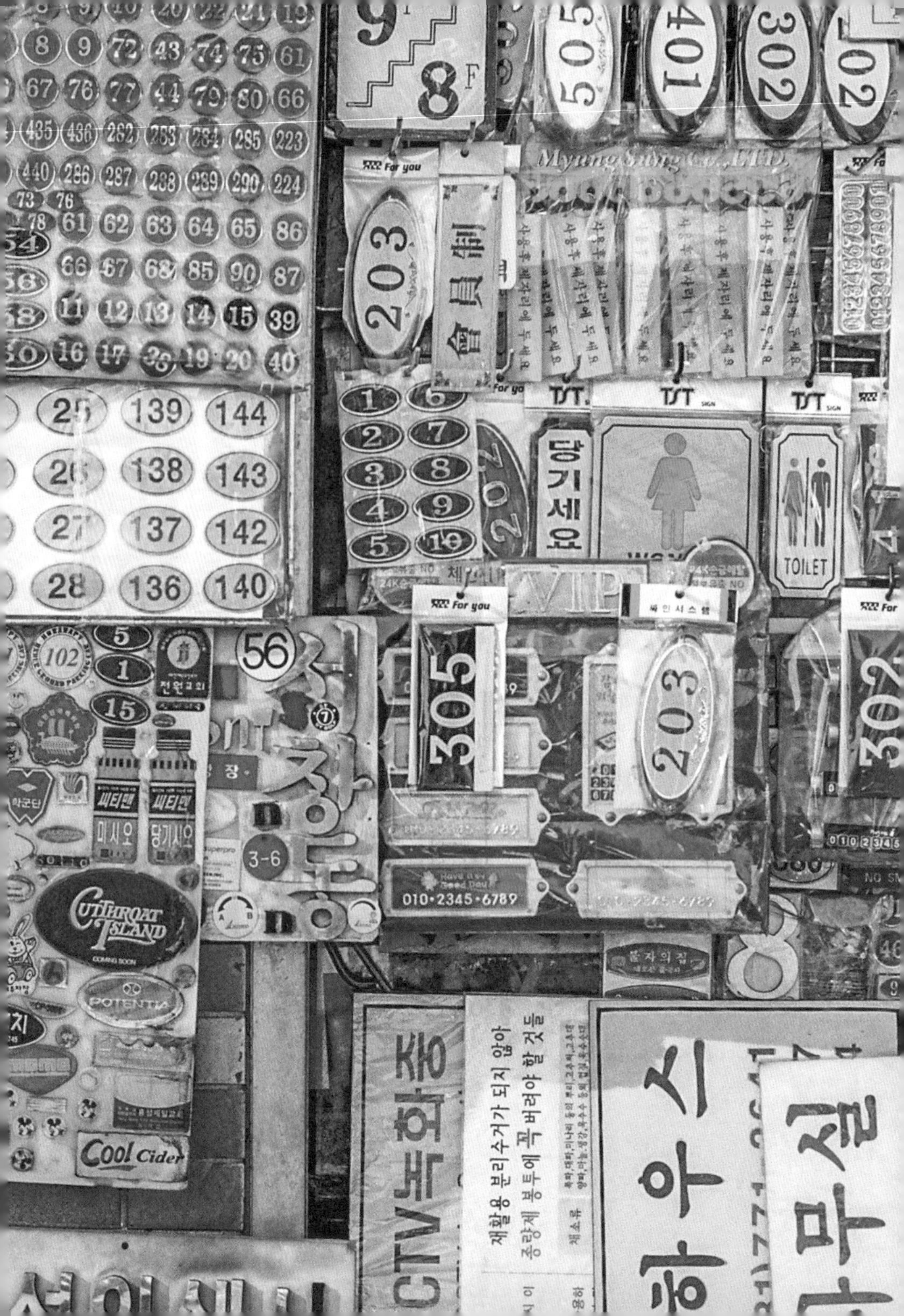

For you
사용 후 제자리에 두세요
당기세요
TOILET
VIP
305
203
010·2345·6789
씨티맨
미시오
당기시오
CUTTHROAT ISLAND
COMING SOON
POTENTIA
Cool Cider
재활용 분리수거가 되지 않아
종량제 봉투에 꼭 버려야 할 것들

신경 쓰지 않은 듯
무심한 배치가 오히려 예쁘다.

EAGLE 기념
HOLE IN ONE
EAGLE
6,000

다 같은 손수레 같지만
다 같은 게 하나도 없다.

5장

을지로의 간판

을지로의 간판은 직설적이다.
명함, 와이어, 프레스, 가공, 도장 같은 단어들이
이거 돼요, 이런 건 어때요, 하고 말을 건다.
'이런 걸 할 수 있어요'라는 결과물을
바깥에 대문짝만 하게 걸어놓기도 한다.
틈새 없이 늘어서 있는 간판들은
이 골목 사람들이 차곡차곡 쌓아온 기술을 닮았다.

**"나는 무에서 시작하는 걸
새로운 창조라고 생각하지 않아요.
새로 그리는 건 누구나 할 수 있어요.
하지만 그러면 이 공간에 있던 일종의 영혼은
사라지는 거야."**

만두
분식
전문
커버·바인더
유진
카렌다
세무사

애정
다방
세일산업 · 카렌다
TEL : 2202-2715
8도
스티커
쇼핑백
BOX
Seoibongju ©

간판에는
가게의 이름보다
우리 가게가 무엇을
할 수 있는지
잘 보여주는 게 중요하다.

사각형의 간판들 사이에 자리한 동그란 애정다방 간판.
나름의 구분을 지었던 걸까?

PVC. PP. PE
2264-3174
방산

분식
짜장

트렌디한 게 아니라 가치를 지키는 거예요

INTERVIEW 5.

2019. 08. 02
디자인점빵 박철성

설동주 먼저 공간 소개 부탁드립니다. 상호가 바뀐 건가요?
박철성 원래 상호는 '디자인점빵'이었는데, 사업자상의 상호를 '충무로인쇄학교'로 바꿨어요. 디자인점빵 브랜드를 쓴 건 2006년 정도부터예요. 그러고 보니 제법 오래됐네요. 요즘 '힙지로', '힙무로'라는 말도 많이 하던데, 어찌 보면 디자인점빵이야말로 힙지로 원조 아닌가(웃음).

•

제가 힙지로 원조잖아요

설동주 아, 그런가요(웃음). 그런데 '점빵'이 무슨 뜻이에요?
박철성 점빵은 구멍가게라는 뜻이에요. 나는 전라도가 고향인데, 전라도, 강원도, 경상도에서 점빵이라는 단어를 써요. 가게에 붙은 방이라는 뜻도 되고 방에 붙은 가게라는 뜻도 되고, 예전에 시골 구멍가게는 방이 있어서 할매가 문 열고 나오잖아. 그런 걸 점빵이라고 생각하면 돼요. 그때는 점빵이 지금의 슈퍼, 구멍가게, 마트 의미를 다 포함했어요. 거기에 노인들이 막걸리 마시거나 애들이 쭈쭈바 사먹는 모종의 커뮤니티 공간 역할까지 하는 거예요. 거기 가면 다 있는 거죠.

설동주 아, 그런 느낌을 생각하셨구나.
박철성 그렇죠. 그걸 우리의 정체성이라고 정한 거예요. 우리 가게가 대단한 건 없지만 어쨌든 여기 와서 꾸역꾸역 뭔가 해결하는 거잖아요. 코스트코나 이마트가

디자인점빵

리소 인쇄를 이용해 디자인 제작을 하고 있는 레터프레스 전문 인쇄공방. 다양성을 중시하는 다품종 소량생산을 추구한다. '충무로인쇄학교'도 함께 운영하며, 수강생은 기획부터 제작까지 인쇄실무 전반을 경험해볼 수 있다.

RISO

제품은 더 많겠지만 대신 비용이 많이 들죠. 차를 몰고 가야 하고 카트를 밀어야 하는데 점빵은 몇몇 물건으로 카테고리를 대충 다 커버해주잖아요. 군것질하고 싶으면 거기 있는 과자 하나 집어드는 거고. 그런 정서가 담겨 있어요. 다품종 인쇄 디자인 서비스를 하는 공간이라는 의미도 있고, 그러면서도 너무 세련된 이름은 내가 닭살스러워서 방언을 쓴 거죠.

설동주 그런 디테일한 의미까지는 몰랐어요. 점빵 전에는 어떤 활동을 하셨어요?
박철성 충무로에는 인쇄 배우러 온 거라 사실 뭘 구체적으로 하겠다는 계획은 없었어요. 저도 디자인 공부를 했지만 그걸 내세울 입장은 아니고 제작을 속속들이 알고 싶다는 생각이 컸는데, 그러려면 공장에 가서 배우는 게 가장 좋겠다고 생각한 거예요. 그래서 인쇄공장일 거라고 막연하게 생각하고 간 게 출력소였던 거죠. 다행히 제가 들어간 데가 다양한 일을 하는 출력소였어요. 앨범제작부터 레이저출력, 실사출력, 인디고, 그 외에 인쇄하청에 디자인까지 다 하는 곳이라 속속들이 공부하는 데 도움이 많이 됐어요. 손님이 이거 되냐고 물어보면 일단 된다고 해요. 그런 다음에 내부 사람들에게 물어보고, 안 되면 충무로를 뒤지고 다니는 거예요. 처음에는 그렇게 일을 배웠어요. 그러기에는 완벽한 조건이었지.

설동주 외부에서 노하우를 잘 알려주시나요? 영업비밀일 수도 있는데.
박철성 친절하게 알려주는 경우도 있고, 그렇지 않은 경우도 있죠. 그래서 리서치를 잘하는 게 중요한 거죠. 여기서 선수가 되려면 진짜 제일 바닥, 아무도 모르는 바닥의 바닥까지 가야 한다고 생각했어요. 더 고급정보를 알아야지. 예를 들어 어떤 사람들은 좋은 인디고집을 하나 알면 자기가 다 안다고 생각하는데, 그건 패 하나만 든 거예요. 그렇잖아요? 이 사업에 관해 패를 몇 개는 갖고 있어야 작가가 어떤 요구를 해도 해결해주죠. 하다못해 경쟁업체를 소개해주는 한이 있더라도 그 일을 내가 리드하는 게 중요한 거지. 그런데 많은 사람들이 편하고 네트워크가 있는 데를 자꾸 가려고 해요. 거기가 최선이 아니라 하더라도 몸에 밴 습성, 편의성 때문에 그렇게 되거든요.

설동주 거래처라는 맥락이네요?
박철성 네. 지금은 거래처에 대한 신뢰나 연속성이 과거보다 많이 깨졌어요. 서로가 제공하는 서비스의 질이나 변별성이 줄어들었다고 보기 때문이에요. 그만큼 가격경쟁도 더 치열해지고. 서비스의 변별성은 없는데 가격경쟁은 치열하면 어떻게 되겠어요? 결국에는 싸게 해야 하잖아요.
그래서 우리는 다른 사람들이 안 하는 까다로운 일을 할 수밖에 없어요. 우리가 대형 인디고 업체나 대형 합판집과 경쟁할 수는 없잖아. 그러면 그들이 안 하는 걸 해야죠. 그들은 귀찮아서 미싱제본은 안 해, 그러면 우리는 미싱제본을 해야 하는 거야. 그들과 대척점을 만들어서 누군가 우리를 찾아오게 해야 하니까요. 또 인디고집에서 어떤 종이는 출력을 안 해줘, 그러면 우리는 그걸 해야 하는 거죠. 못해서 안 해주는 경우도 있고, 수요가 너무 적어서 못 해주는 경우도 있어요.

KITSCH PLAY
PLAY.3
CALENDAR
PROJECT
이의 고양이

정해진 몇몇 용지 안에서 빠르게 돌려야 수익구조가 나오니까. 반대로 우리는 작가가 요구하는 대로 다 해주고 다 해보게 하고, 나중에 또 오게 하자는 전략이에요.

설동주 작은 인쇄소가 만들 수 있는 차별성이겠네요.
박철성 그렇죠. 우리의 정체성은 거기에 더 가까울 수밖에 없고, 작가가 빵 사갖고 와서 상의하면 같이 빵 먹으면서 이번에 무슨 전시회 하냐, 시간 되면 보러 갈게, 이런 얘기하면서 작업의도에 대해 커뮤니케이션하고 이해하고 샘플도 이것저것 찾아서 같이 봅니다. 사실 다 비용이고, 제작단가에 들어가요. 그래도 대량으로 돌리는 인쇄소에 비하면 수익성은 떨어질 수밖에 없죠. 그래서 일반적인 인쇄소는 우리 모델을 따라 할 수가 없어요. 우리가 일부러 차별성을 두려고 한 게 아니에요. 그렇다고 일반적인 출력소의 기능을 아예 하지 않을 수도 없으니 그 지점에서 줄타기를 하는 거예요.

설동주 어, 되게 어렵네.
박철성 나름대로 묘한 게 있는 거죠. 예를 들어 오늘 일 접고 우리 떡제본이나 연습하자고 하면….

설동주 떡제본 연습도 해야 돼요?
박철성 해야 돼요. 떡제본 풀도 종류가 엄청 많고 다루는 방법, 누르는 방법, 건조하는 방법, 혼합하는 방법이 다 달라요. 칼질 하나도 연습해야 하는 거고. 그런데 큰 조직일수록 그게 힘들어요. 왜? R&D를 하려면 작업에 대한 이해가 있어야 하는데, 그런 사람이 연구만 하고 있으면 되겠어요? 돈을 벌어야 하잖아요. 그러니까 대개는 아침부터 저녁까지 죽어라 일해서 일단 돈을 모아요. 그러다 인쇄 박람회 같은 데 가면 1시간에 100권 제본하던 걸 200권 할 수 있다면서 기계를 팔아요. 그동안 꼬깃꼬깃 모았던 돈으로 사갖고 와. 그러면 우리가 생산성이 높아졌다고 홍보해야 해요. 이 과정에서 저울질이 잘못되면 기계를 이고서 서서히 뒤로 넘어가게 돼요. 리스크가 엄청 큰 산업이에요. 인쇄, 출력업은 일단 공간이 작으면 못해요. 공간이 작으면 기계 하나 놓고 그것만 돌리는 오퍼레이터에 가까워지는 거예요. 오퍼레이터가 왜 위험하냐고요? 저희 아버지는 인쇄소 하시면서 열심히 사셨어요. 그런데 우리 아버지가 이를테면 판화로 찍고 있는데 1분에 100매 나오는 레이저프린터가 생겼어. 아버지는 열심히 오리배 젓고 있는데 옆에 항공모함 지나가면 이 사람의 가치나 존재감이 한순간에 사라져버리는 거예요.

설동주 그렇죠. 경쟁이 안 되니까.
박철성 네. 한국사회는 특히 그랬고. 만일 외국이면 장인 대접이라도 해줬겠죠. 이제야 우리도 그런 것에 조금 관심을 갖지만 여전히 한국사회에서는 돈을 벌어야 예술가도 대접을 받잖아요. 돈을 벌어야 선생님이지, 가난한 예술가는 그냥 고생하는 예술가인 거야. 그런 인식이 깔려 있죠. 그래서 내가 열심히 달린다 해도 시대나 자본의 환경이 확확 변하니까 그 흐름을 타기 위해서는 버는 족족 다시 쏟아부어야 하는 거죠. 큰 출력소들도 어렵긴 마찬가지예요. 10억, 20억짜리 기계 사놨는데 1년 있으면 기계 값이

반으로 뚝뚝 떨어져요. 더 좋은 기계는 계속 나오고. 그런 어려움이 있죠.

•

30년 전의 가치가 30년 후에도 이어질까요?

설동주 원래 을지로나 충무로에 인쇄소가 많았잖아요. 그런데 지금은 많이 없어진 이유가, 이전한 것도 있겠지만 방금 말씀하신 산업의 어려움 때문이기도 하겠네요.

박철성 그렇죠. 산업의 행태가 변하는 거죠. 우리 아버지는 활판인쇄와 등사인쇄를 했어요. 그런데 내가 하는 레터프레스나 리소도 활판과 등사인쇄예요. 베이스가 그거야. 이름만 바뀌고 기술만 진화했지 베이스는 똑같아요. 아버지가 하시던 시대와 내가 하는 시대에 정확히 30년의 간격이 있어요. 유행이 30년 만에 돌아온 거예요. 그런데 지금 하는 인디고나 레이저프린터 유행도 30년 뒤에 돌아올까요? 안 그럴 거라고 봐요. 아버지 시대에 했던 건 인쇄 중에서도 가장 원초적이고 원론적인 인쇄였어요. 하지만 앞으로는 큰 변화가 일어날 거라고요. 종이에 그냥 잉크를 바르면 알아서 형상을 만들었다가 헤쳐모여 할 수도 있는 거야. 내가 30년 뒤에 아버지 시대와 다시 조우한 건 어찌 보면 행운이기도 하고 운명이기도 하지만, 내 아들이 30년 뒤에 인쇄업을 할 때는 아버지나 내 시대보다 더 많은 변화가 있을 것 같아요. 거기에 충무로, 을지로가 대응할 수 있느냐. 나아가 우리 사회 전반의 소공인 혹은 제조업 종사자들이 시대의 변화를 따라갈 수 있느냐. 아니라고 봐요. 특출한 몇몇이나 이미 시스템이 갖춰진 회사들 외에 개인이 따라가기는 불가능하다는 거죠. 어떤 의미에서 충무로나 을지로의 변화나 종말은 예견된 거예요. 그 사람들이 잘못해서가 아니라, 그분들의 변화속도보다 시대의 변화속도가 더 빠르기 때문에. 누군가에게는 디자인점빵이나 인쇄학교가 트렌디하고 시대의 흐름을 선도하는 것으로 보일 수도 있지만, 나는 오히려 30년 전의 가치를 지키려고 노력하는 사람인 거예요. 아버지 시대 유물을 계승하고 있는 거지. 트렌디해 보이는 것은 이전의 유물을 해석만 다르게 하는 거고요. 지금 젊은이들이 나팔바지 입었다고 해서 전통을 계승한다고 보지는 않죠. 그냥 유행이 돌고, 올 시즌의 트렌드가 복고인가 보다 생각하지. 그것처럼 저도 과거부터 있었던 원소스를 시대에 맞게 으깨는 정도의 일을 하고 있는데, 이런 나도 몇 년 뒤에는 트렌드를 놓치는 구시대 인물이 될 가능성이 언제나 열려 있는 거예요. 매일 촉을 세우고 한 해 한 해 점검하지 않으면 훅 가요. 그런 시대에 우리가 살고 있는 거죠.

설동주 어렵네요. 그래도 원초적인 인쇄는 계속 회자되지 않을까요? 레터프레스도 그렇잖아요.

박철성 그렇죠. 나는 운 좋게도 적절한 타이밍에 그 흐름을 탔던 사람이에요. 가져갈 수 있는 헤게모니는 작지만 그걸로 작가님과도 만날 수 있었던 거잖아요. 만약 이렇게 안 했으면 어떻게 됐을까요? 그냥

-6336 / 010-3713-6336
각종 BOX(싸바리, PP.PVC)
특수 고급 패키지 전문
각종 식품용 비닐
(OPP, PP, PE, NY, AL外)
특수인쇄(UV, 옵셋, 나염 실크外)
쇼핑백 판매 및 주문제작
세또바시 각종성형물 주문제작
명광인쇄
275-6761
도장, 비누, 고무인 상담
명찰인쇄
특수잉크
명 함
LOTTE TOUR

명함
특수잉크
고무인
도 장
복 사
팩스대행
2275-6761
명 함
도고 무 장인
고무인
덕수인
도 장
7-6831

매출을 더 내는 흐름을 탔으면 어땠을까? 그냥 어정쩡하게 버는 거예요. 마냥 풍족하지는 않은 삶이 됐을 거라고요. 그러면 오히려 일을 지속하는 동력이 없었을지도 몰라요. 지금은 많이 못 벌지만 뭔가 계속할 수 있는 모델을 찾는 거고. 작가님이나 우리가 하는 작업이 아트에 준하는 영역인데, 우리 사회에서 이쪽 분야의 일을 하기 어려운 건 맞아요. 먹고살기 힘드니까. 하루이틀 일은 아니지. 하지만 이유가 이것 하나만 있는 건 아니에요. 그동안 인쇄산업은 수주산업화해서 살아왔어요. 사실 그 패러다임이 가장 큰 문제였던 거예요. '일이 있어야 일을 하지', 이 말에는 누군가 일을 줄 거라는 전제가 있잖아요. 우리 아버지 세대는 일을 만들어서 하는 세대가 아니었던 거예요. 그런 걸 배워본 적이 없어요. 고도성장기 때 산업이 잘 돌아가니까 사람들은 도장도 필요하고 인쇄물도 필요하고 명함도 필요했던 거야. 그런데 지금은 어때요? 누가 일감을 주는 상황에서 이제는 스스로 만들지 않으면 살 수 없는 상황으로 가고 있어요.

설동주 그러니까 이제 인쇄소에서도 콘텐츠를?

박철성 네. 단순한 영업 정도로는 한계가 있어요. 처음부터 인쇄소에서 자기 존립모델을 개발해야 해요. 그래서 시도한 게 디자인점빵인 거지. 인쇄에 교육콘텐츠를 접목한 거잖아요. 그리고 다른 인쇄소에서 안 하는 리소와 레터 기법을 접목해서 그걸 다시 교육으로 판매했고요. 그걸 다시 포장해서 학교라는 거창한 타이틀까지 붙였잖아요. 인쇄소 사장이 학교에 가서 수업을 하나요? 그런데 우리는 그걸 하는 거죠. 그런 식의 틈새를 만든 거죠. 크지 않을 수는 있지만, 없는 카테고리를 만든 거지.

설동주 요즘도 젊은 작가 분들이 인쇄하러 많이 오시나요?

박철성 네, 고만고만해요. 저희 제조관리나 대응이 무뚝뚝해서 개선이 필요한데 한계도 있다고 봐요. 하지만 일희일비할 건 아니라고 생각해요. 내가 누구한테 욕을 먹을 수 있지만, 거기서 쓰러지면 안 돼요. 내가 정한 원칙과 내가 할 수 있는 것들을 가지고 버텨가는 겁니다. 그래서 센 놈이 오래가는 게 아니라 오래 버티는 놈이 센 놈이라는 걸 증명하는 수밖에 없는 거예요. 여기에는 강한 심장이 필요해요. 작가도 그렇지 않나요?

설동주 일희일비하면 안 되죠.

박철성 그럼요. 우리의 제작서비스가 미흡하다는 데에는 동의해요. 그걸 개선하면서 계속해나갈 의지가 있다는 거죠. 그러면 언젠가 좀 더 무르익은 형태로 나올 수 있겠죠. 레터나 리소는 특히 변수가 많고 시간도 많이 걸리고 마진율이 떨어져요. 어떤 경우는 100장을 만들려고 몇 백 장을 찍어야 해요. 지금 찍고 있는 엽서 500장에 우리가 얼마를 받겠어요? 기껏해야 십 몇만 원이에요. 그런데 그걸 다 찍고 재단까지 했다가 문제가 발견돼서 지금 다시 찍고 있거든요. 저걸 제대로 납품해서 좋은 소리를 들을 수 있을지 모르겠어. 그렇다고 우리가 태만히 일했느냐, 그렇지도 않아요. 정상적으로 했고 처음보다 더

ORIGINAL HEIDELBERG

주의해서 했는데도 재단이나 핀이 또 움직이잖아. 그 과정에서 발생하는 문제를 완전히 제어할 수 없는 거죠.

설동주 그렇게 까다로운 리소 인쇄를 계속하는 이유가 있으세요?
박철성 어려운 질문이네. 저는 인생 같은 거라고 생각해요. 판도라의 상자처럼 무엇이 들어 있을지 모른다는 거죠. 작업도 마찬가지예요. 어떤 작업은 서로 기대에 차서 시작했는데 안 좋게 끝나는 경우도 있고, 어떤 경우는 너무 고마워하는 경우도 있고. 하지만 포기할 수는 없어요. 리소는 우리의 정체성 중 하나니까요. 제가 리소라는 걸 알고 일주일 만에 기계를 샀어요. 그만큼 점빵이라는 정체성과는 찰떡이라고 판단한 거죠, 레터프레스도 그렇지만. 지금도 그 생각은 변함이 없어요.

•

이 공간과 물건들의 힘이 점빵의 정체성을 만들어주죠

설동주 여기 오래된 물건이 되게 많은데, 그냥 갖다놓으신 거예요? 실제로 사용하시는 것도 있죠?
박철성 실제로 사용하는 것도 있고 컬렉션으로 가치 있는 것도 있어요. 낡은 기계는 의외성의 맛이 있어요. 이 금박기는 상당히 저렴하게 구해왔는데.

설동주 이것도 되는 거예요?
박철성 되죠. 그런 의외성이 있는 거예요. 이 아이는 내 컬렉션도 되고 인테리어 소품으로도 쓰이고 또 상황에 따라서는 사용도 돼요. 그냥 인쇄소였으면 안 모았을 수도 있어요. 하지만 우리는 인쇄학교잖아요. 내가 수업시간에 보여줄 수 있잖아. 이건 이런 식으로 작동하는 기계다, 여러분이 충무로에서 보게 될 기계는 이것보다 클 거다, 그건 전동으로 될 거고 힘이 더 좋다는 걸 알려주는 일종의 교보재인 거죠. 리소 워크숍에서도 되도록 부속기자재들을 많이 보여줘요. 그게 우리의 차별성 포인트 중 하나죠. 이 물건들이 가진 힘의 도움을 받는 거야. 그러면서 내 정체성이나 아우라를 더 정립해가는 거고요. 오래된 시계, 오래된 게임기 같은 물건들의 정서나 영감이 함께 묶여서 점빵의 정체성을 형성해줘요. 그런 복합적인 의미가 있어요.

설동주 저도 그렇고 제가 만난 을지로 분들도 물건이나 공간에 대한 애착이 커서, 본인이 오기 전부터 있던 것들을 유지하시더라고요. 재미있는 부분이에요.
박철성 나는 무에서 시작하는 걸 새로운 창조라고 생각하지 않아요. 기존에 있는 것을 발전시키거나 그 안에서 예쁜 것을 추구하는 것이 순리라고 생각해요. 새로 그리는 건 누구나 언제든 할 수 있어요. 이 공간을 하얀 페인트를 칠한 다음에 자기가 그리고 싶은 걸 그릴 수 있어요. 하지만 그러면 이 공간에 있던 일종의 영혼은 사라지는 거야. 이곳에도 공간의 특성이 있어요. 저쪽에 홈이 파여 있는데, 왜인지는 모르겠어요. 금고가 있었는지 아니면 건축이 이상해서인지 모르겠는데, 그것 때문에 이 공간이 재미있어져요. 또 여기가 지하다 보니 하중을 받치려고 위에 H빔을 넣었는데, 이런 것들이 공간의 정체성이나 재미를 주죠. 만약 층고가 높고 이 기둥이 없었으면 여긴 그냥 인쇄소 자리예요. 그런데 기둥하고 층고 때문에 일반 상용 인쇄기가 못 들어왔던 거야. 그래서 점빵의 오늘이 있을 수 있는 거예요. 여기가 밋밋했으면 점빵의 느낌이 덜 살았을 거예요. 재미가 없는 거죠. 공간만의 이야기가 없으니까.

설동주 여기는 전에 어떤 자리였어요?
박철성 그 전에도 출력실 같은 게 있었어요. 위층에서 의뢰서를 쓰면 여기서 출력하고 재단하고 제본하는 곳이었어요. 그 전에는 뭐였는지 모르겠네. 아주 옛날에는 서애 유성용 있잖아요, 그 사람 집터였대요. 이 건물하고 옆 건물이.

설동주 그런 건 몰랐네요. 마지막 질문 드릴게요. 점빵은 앞으로 어떤 공간이 될까요?
박철성 공간이라는 개념이 두 가지인데, 물리적 공간, 그리고 우리가 가진 콘텐츠인 것 같아요. 특히 충무로인쇄학교라는 이름에는 3가지 의미가 조합되어 있어요. 충무로라는 지역, 그리고 인쇄라는 산업, 학교라는 역할이 같이 묶여 있죠. 우리가 고민하는 화두가 다 들어 있는 거예요. 지역, 우리가 하는 일, 그리고 우리의 기능. 그것을 슬로건처럼 이름 안에 함축한 거예요. 향후 방향성도 그렇게 갈 것 같고, 물론 인쇄 점빵의 정체성도 여전히 남아 있을 것 같아요. 재미있는 작업도 하고, 귀엽고 예쁜 것들을 보여주고 싶은 마음도 여전히 있으니까요.

오래된 시계,
오래된 가게,
오래된 간판…

어떤 정서,
어떤 영감이 담겨 있는지
문득 궁금해진다.

대진와이어
C-63
176
200

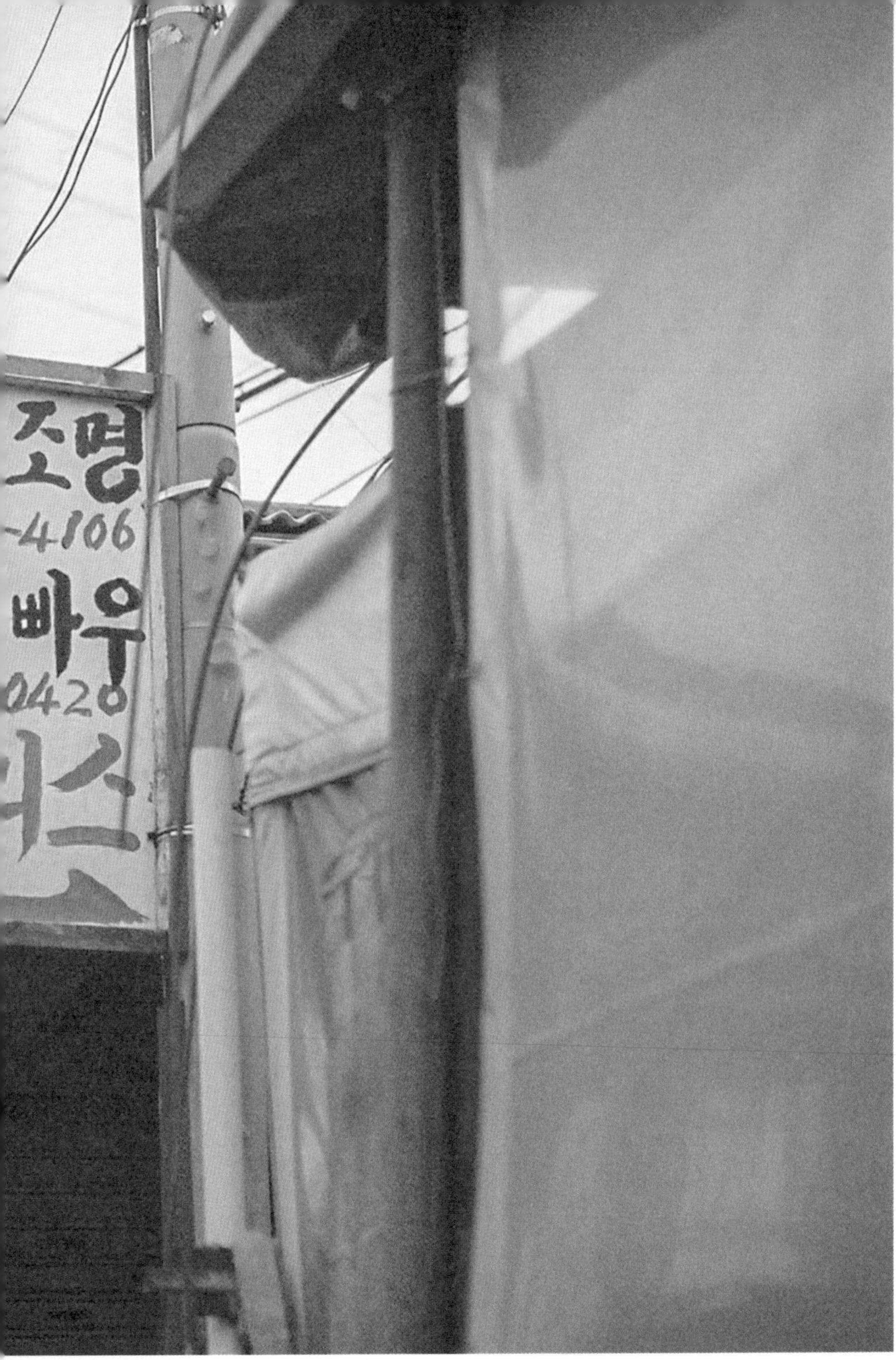

우레탄·라벨·명찰·에어제품·싸바리·지퍼백·쇼핑백·실크인쇄
2272-3469
dasan-mall.com
DASANMALL
다산몰
02-2273-9487
전통한지전문
T.2264-1503
개미집
순대국
T.2275-2365
RED
PACKAGE
레드패키지
02.2273.0925
상담
도무송·골판지·PVC·인쇄·싸바리
맞춤정장
우진봉투
TEL 2264-4387
2265-4387
FAX 2265-5754
아이러브 초코
서일
피자·떡·한과 기구
토탈베이커리 시스템
실테크
거산
포장 비닐
상사
三友日式
2266-7457
2268-1417
부동산
방산분식
우동
짜장
RED PACKAGE

방산시장의 간판들.

역시 압도적인 컬러는 레드.

다 방
2277-7645
725-1433

앞 글자가 지워져서 뭐가 맛있는 건지 알 수 없는 '맛있다' 간판.
재개발로 가게가 사라지면서 이제 정말 알 수 없게 됐다.

보통명사만 써둔 간판이 많은 을지로.

명확하고 단순하지만,
그래서 더욱 신뢰가 간다.

목공소
서비스
1588-8955

6장

을지로의 시간

서울 한가운데, 서울이지만 왠지 서울 같지 않은 동네.
얼핏 보면 오래되기만 한 곳 같지만,
조금만 들어가면 특색 있는 가게들이 눈에 띈다.
핫플레이스라며 입에 오르내리기도 하지만,
한편으로는 몇 십 년 된 공업사들이 여전히 자리를 지키는 곳.
새롭게 활기가 돈다며 주목받지만, 한쪽에서는 재개발로 터파기 중인 동네.

"한때의 유행이 아니라 지속적으로 사람들이 찾을 수 있는, 이 지역만의 특색을 계속 갖고 가야겠죠. 60년 된 이화다방처럼요."

香港
신도전기
대광전기
능실크인쇄
천일전기
KOREA
간판주의

수배전반, 분전
2272-6666
2272-7777
기현전기
유풍
신성이

세월이 묻어나는 빽빽한 간판 가운데

재개발 반대를 외치는 빨간 현수막이 펄럭인다.

수배전반,
기현전기
유풍
중원
TEL : 2278-8945

천일전기
KOREA
모타 펌프

간판만큼 켜켜이 시간이 쌓인 거리,

이 뒤로는 어떤 시간이 흐르게 될까?

동양판금
출입금지 -

대진와이어
T.2274-8565 F.2263-8565

이곳에서 이화다방의 5대도 기대하고 싶어요

INTERVIEW 6.

2019. 07. 25.
에이스포클럽 권민석

권민석 저는 자전거 세계여행, 와이프는 영국 유학을 마치고 한국으로 돌아왔을 때 바에서 1년간 일할 기회가 있었어요. 그후에 결혼을 하면서 작더라도 우리 스스로 꾸려갈 수 있는 공간을 찾던 중, 임대료가 저렴하다는 이유로 을지로로 흘러들어오게 됐죠. 그런데 말이 저렴하지 눈에 차는 공간들은 또 다 비싸더라고요. 그렇게 마음에 드는 가게를 찾느라 6개월을 허비했어요. 그날도 소득 없이 지하철을 타고 집으로 돌아가려는데, 을지로3가역 1번 출구 앞에 있는 건물의 2층 간판이 눈에 들어오더라고요. '이화다방.' 다방이 참 목 좋은 곳에 있네, 생각했어요. 날도 더운데 다방 커피나 한번 마셔볼까 하고 올라간 게 이화다방과의 첫 만남이에요. 처음 들어갔을 때의 그 감정은 정말 잊히지가 않아요. 시간을 거슬러 30~40년 전으로 돌아간 느낌. 6개월간 을지로3가역 1번 출구로 나와서 부동산을 찾아 한참을 헤매다 다시 1번 출구로 돌아와 집으로 가길 반복했는데, 내가 찾던 진짜 보물이 내 정수리 위에 있었구나 싶었어요. 허탈하면서도 벅찬 그 느낌.

•

세월의 힘이 느껴지는 공간, 꼭 이곳에 오고 싶었죠

설동주 진짜 을지로 같네요. 숨겨진 보물이었다는 느낌이.
권민석 그렇죠. 다음 날 와이프랑 제일 친한 형이랑 다시 한 번 방문했어요. 얼음틀에 직접 얼린 얼음을 손으로

에이스포클럽

1959년부터 을지로를 지켰던 '이화다방'을 개조·계승한 카페 겸 바. 을지로에서도 쉽게 볼 수 없는 데코타일 바닥과 오래된 나무벽, 이화다방 시절 문을 그대로 사용한 출입문이 눈길을 끈다.

집어서 잔에 넣어주시는 캔 콜라가 한 잔에 5000원이더라고요. 그걸 마시면서 이화다방이라는 작품을 감상하기 시작했죠. 거미줄 가득한 빛바랜 바닥과 가구, 덜 닦인 유리잔, 얼룩 가득한 유리창, 세월의 때로 노랗게 변한 에어컨까지. 지저분하다기보다는 세월의 힘이 느껴졌어요.
그다음 날에 또 찾아가서 구석에 앉아 노트북을 펼쳐들고 구상을 시작했어요. 바는 여기에, 주방은 여기에, 에어컨은 여기에, 그러면 여기엔 뭘 놓을까 한참 고민했죠. 3시간 동안 다방 문이 딱 3번 열렸는데, 두 번은 사장님이 화장실에 담배 피우러, 나머지 한 번은 사장님이 슈퍼 다녀오시느라. 그때 저더러 가게를 봐달라고 하시더라고요. 그리고 다시 돌아와서는 저한테 '담배 피울 건데 괜찮냐'고 물으시는 거예요. 그때 말문을 텄죠. 이 가게는 얼마나 됐냐부터 시작해 가게 너무 예쁘다, 메뉴판이 없는데 믹스커피랑 콜라 말고 또 뭐가 있냐 등등.

설동주 아주 꼬치꼬치.

권민석 그만큼 마음에 들었으니까. 며칠 뒤 네 번째 갔을 때는 주스 세트를 사갖고 갔어요. 할아버지 열댓 분이 의자를 이어붙이고 앉아 오순도순 이야기 나누시기에 때를 기다렸죠. 다방 사장님과 단둘이 이야기할 수 있는 기회. 두어 시간 기다리니까 할아버지들이 일어나셔서, 주스 세트 들고 사장님께

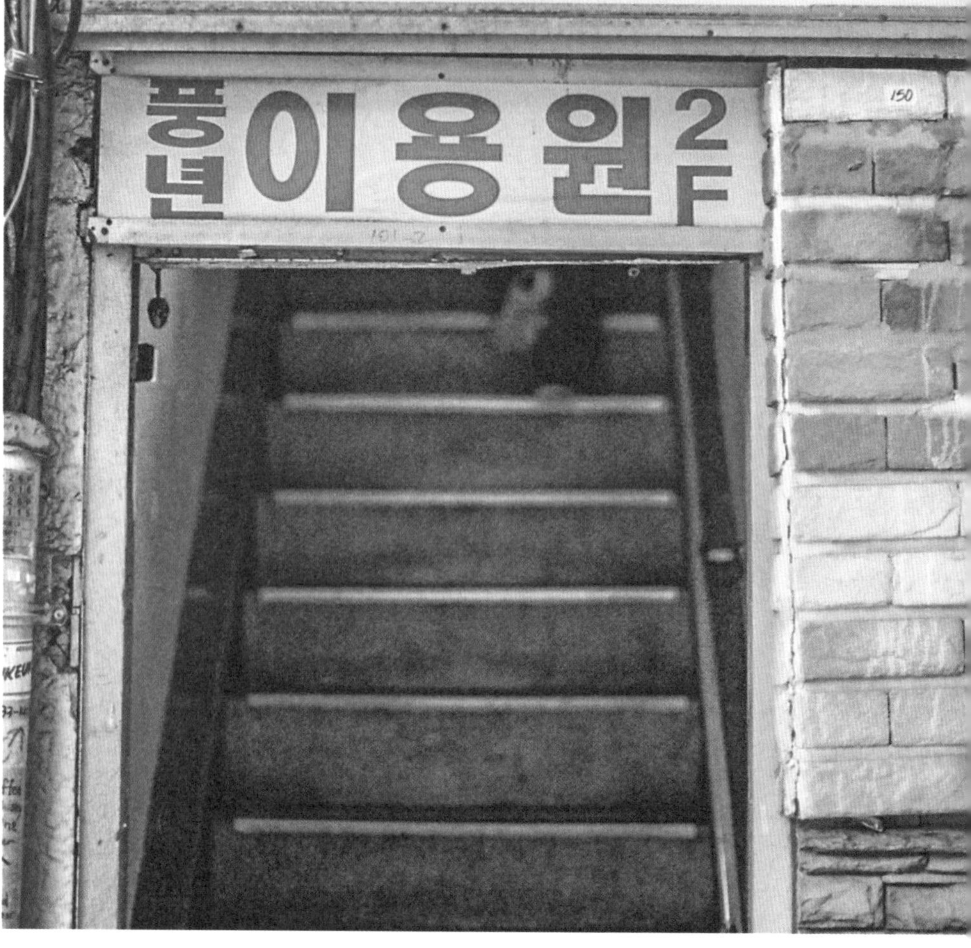
ACE
FOUR
CLUB
Cafe & Bar 2F
풍년이용원 2F
150

물어봤어요. '사장님, 혹시 가게 파실 생각 없으세요?' 그런데 진짜 당혹스러웠던 게, '그 이야기 언제 하나 기다렸어요' 하시는 거예요. 자초지종을 들어보니 저처럼 찾아온 사람이 여럿이었는데, 사장님이 부르는 권리금이 세서 다들 발길을 돌렸다더라고요. 사실 저도 그날은 그냥 돌아와야 했어요. 그 후로도 서너 달을 매주 몇 번씩 야쿠르트며 주스며 음료수 사들고 찾아갔어요. 빙빙 돌려 말했지만 결국엔 권리금 깎아달라는 말이었죠. 돈 한 푼 없이 시작하는 장사라 술잔 하나 살 때도 고민하는 처지였지만 이 가게 자리만큼은 놓치고 싶지 않아서 무리해서 대출까지 받아가며 흥정을 마무리했어요.

설동주 우여곡절이 많았네요.
권민석 계약서 작성까지 다 마치고 열쇠 건네받던 날, 사장님은 잔 하나 각설탕 하나 안 가져가고 그대로 남겨두시더라고요. 딱 하나 가져가신 게 밥솥. 쓰시던 밥솥 하나만 보자기에 쌌어요. 그러고는 '소주 한 병만 사와봐요' 하셔서 사다드렸는데, 파란 뚜껑 참이슬을 사왔더니 빨간 걸로 사오래요. 그걸 맥주잔에 가득 따라서 두 번에 나눠 드셨어요. 그러고는 '젊은 사람 열심히 해봐요. 나중에 한번 놀러올게요' 하고 떠나셨어요. 20년 지낸 가게를 떠나시는 마지막 모습.

설동주 와… 영화 보는 것 같아요. 포스 있는 분 같아요.
권민석 맞아요, 포스 있는 분. 그분이 진짜 외골수셨거든요. 여기서 사건사고도 많았고. 20년 전에도 이미 다방은 쇠퇴하던 시기라 아침 8시에 문 열면 근처 공사하는 사람들이 와서 일감 찾고, 근처 건재상이나 재료상으로 커피 배달 나가고. 어느 때는 10시 정도부터는 부동산 브로커들이 테이블마다 한 명씩 앉아 있었대요. 4인석에 혼자 앉아 커피 한 잔 달랑 시키고 몇 시간씩 담배만 피우면서 전화만 하니까 다방 주인은 열 받는 거죠. 이 브로커들이 가짜 투자계획서 만들어서 사람들 꼬드기고, 다방 주인한테 '이거 정말 귀한 자료인데 갖고 계세요, 커피 값은 나중에 와서 드리겠습니다' 하고 안 오고. 의도치 않게 사기꾼들의 집합소 역할도 했대요.

설동주 부동산 투기가 기승이던 시절 얘기네요. 말하자면 역사가 들어 있군요.
권민석 그 뒤로는 카페에 밀려서 브로커들도 안 오게 되고 동네 할아버지들 사랑방이 됐대요. 예를 들면 이화다방 바로 옆에 풍년이발소 있잖아요. 요즘 사람들 미용실 가지 사실 이발소는 잘 안 가잖아요. 그럼 이발소는 어떤 사람들이 갈까요? 다방 드나드시는 분들, 옆 건물 기원에서 바둑 두시는 분들이 가는 거예요. 기원, 다방, 이발소가 세트인 거죠. 더 예전 이야기를 해보자면, 여기 옆에 홀리데이 호텔 있잖아요. 이게 원래 1960년대에 '판코리아'라는 나이트클럽이었대요. 그전에는 '파라마운트'라는 당시 엄청 유명했던 극장이었고요. 판코리아가 등장한 게 을지로3가 시장구조가 바뀌어버리는 대사건이었어요. 강북에서 제일 유명한 클럽이었거든요. 70~80년대는 충정로나 충무로 극장, 명보극장 같은 곳에서

데이트할 때인데, 그때도 택시기사에게 판코리아 가자고 하면 찾아올 정도로. 그전에도 다방이 많았지만 판코리아가 생기면서 일대에 다방이 40~50개씩 생겼대요. 이화다방도 그랬을 거고.

설동주 이화다방도 정말 오래됐는데, 주인도 이름도 그동안 몇 번 바뀌었다고 들었어요.
권민석 처음 다방 이름은 저도 가물가물한데 무슨 꽃다방이었대요. 그리고 15년 지나서 이화 꽃다방, 20년 지나서 이화다방 이렇게 바뀌었다고 하더라고요. 낮에는 배달 다니고, 종로와 을지로 극장에서, 나이트클럽에서 젊은이들이 커피 마시러 오고, 전화 걸거나 받으러 오고 하던 곳. 〈응답하라 1988〉에서 보던 그런 다방이었던 거죠.

설동주 그럼 지금 몇 년이나 된 거예요?
권민석 1960년에 생긴 걸로 추측하고 있어요. 딱 60년 됐네요. 이전 사장님이 자기가 세 번째 주인이고 20년 장사하셨다고 하셨거든요. 이 동네가 해방 직후에 만들어졌고, 이 건물은 50년대에 생겼대요.

설동주 해방 직후면 말 그대로 반세기네요. 이전 사장님은 또 여기서 20년을 지내셨고요.
권민석 강산이 두 번 변할 수 있는 시간. 20년 장사라니 말이 쉽지, 다방 운영하기 정말 힘들었을 거예요. 그 인생이 얼굴과 말투에 묻어 있더라고요. 사람에 웃고 사람에 지친 그 얼굴. 그래서 '젊은 사람이니 열심히 살아라. 이화다방을 잘 부탁한다'던 마지막 한마디가 잊히지 않아요.

•

워낙 뿌리가 단단한 곳이에요, 앞으로도 기대해봐야죠

설동주 어떻게 보면 을지로 가게 중 가장 큰 변화를 겪은 곳이라고 할 수 있겠어요. 드나드는 사람도 많이 바뀌었고.
권민석 이화다방 시절에도 젊은 손님들이 있었어요. 어두컴컴하고, 패브릭 소파들도 딱지가 앉을 정도로 오래됐지만 그래도 손님이 있긴 있더라고요. 담배를 피울 수 있어서 근처 직장인들도 많이 왔대요. 당시 사장님이 눈감아주고 바 안쪽에서 같이 담배 피우셨거든요. 흡연자들에겐 사막의 오아시스 같은 곳이었죠. 작년(2018년)까지만 해도 그랬어요. 그리고 어르신들도. 점심시간에 직장인들 가고 나면 카페에 들어가기 어려워하는 어르신들이 힘들게 2층까지 올라와 문을 발로 차면서 '커피 한 잔 줘봐요' 하는 거예요. 그걸 이해해주는 곳은 이화다방뿐이었겠죠.

설동주 그런 이야기는 다 어디서 들으셨어요?
권민석 할머니 할아버지 손님들한테서요. 그분들이 오셔서 '내가 옛날에 판코리아 갔다가 여기서 헌팅해가지고~' 이러면서 젊은 시절 이야기도 하시고 이화다방 옛날 모습도 이야기해주시고, 근처 가게 사장님들도 '이화다방이 바뀌었네?' 하시면서 이런저런 일화를 들려주세요. 최근에는 60~70대 자매 손님과 서른 넘은 아드님이 같이 오신 적이 있어요. 그런데 그분들이 들어오자마자 어머, 어머 하면서 너무 놀라시는 거예요. 아드님이 '죄송해요, 어머니가 오랜만에 오셔서

비상구
EXIT
미시오
미시오
미시오

◦청약통장 無 ◦전매제한 無 ◦대출규제 無
서울의 중심에 다시 세운!
세운의 첫 번째 프로젝트!
청계천과 남산을 도보로 이동할 수 있는, 명동과 남대문을 품은
세운재정비촉진지구의 첫 번째 프리미엄!
天上天N

거리 사이사이 조금씩 돋는 변화를 보다 문득 고개를 든 곳에는
생각보다 더 거대한 탈바꿈을 알리는 커다란 전광판이.

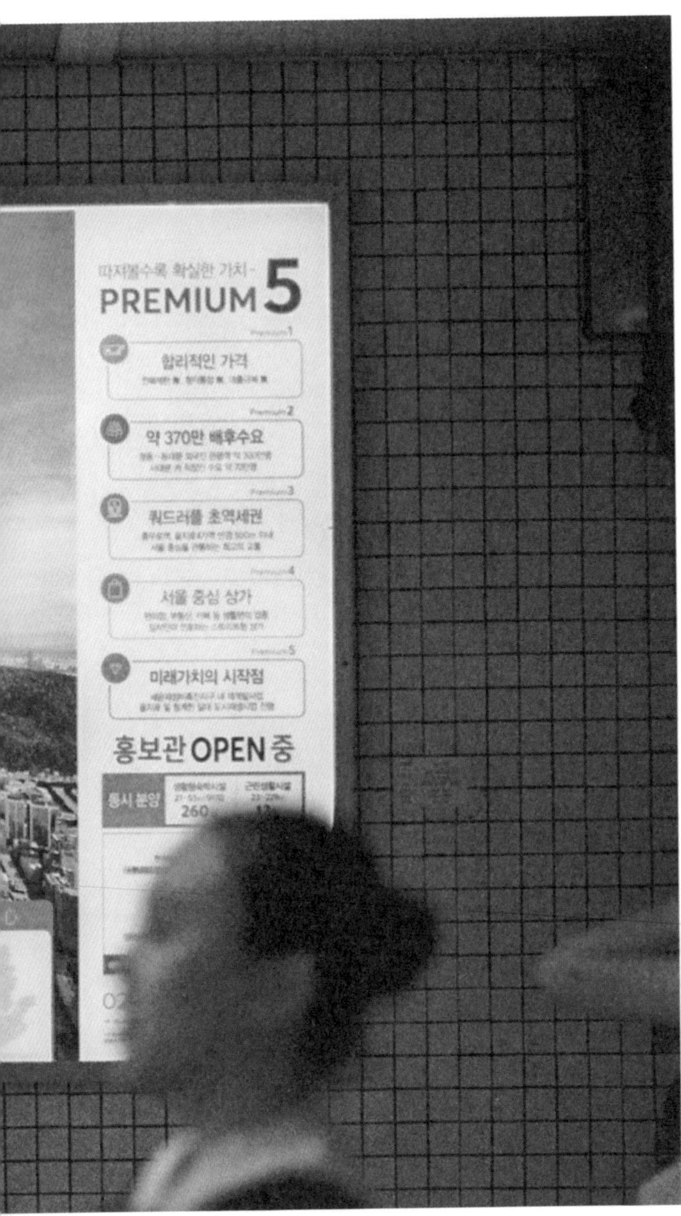

너무 반가우신가 봐요' 하시더라고요. 언니 손님은 클럽 갔다가 여기 온 얘기 하시고, 동생 손님은 자기는 나이 때문에 못 가서 아쉬웠다는 얘기 하시고.

설동주 드나드는 분들이 옛날부터 다양했나 봐요.
권민석 저희 오픈 준비하느라 공사할 때도 별의별 물건들이 다 나왔어요. 가짜 부동산 투자 서류, 위조지폐 만드는 틀, 6·25 참전용사 훈장증, 갖가지 의학서적 등등. 예전에는 무슨무슨 종파 몇 대손 모임 할아버지들이라거나 종묘제례 올리시는 분들이 제사 끝나고 와서 담소 나누시고 그랬대요. 다방 안쪽 방에서 종묘제례에 쓰이는 한복도 나오고, 그분들이 같이 찍은 사진도 나왔어요. 진짜 매력적인 곳이죠.

설동주 정말 매력적인 곳이다. 이화다방만의 특색도 있고, 을지로스럽기도 하네요.
권민석 을지로가 그런 특색이 있죠. 그리고 이건 순전히 개인적인 느낌인데, 제게 서울은 '사대문 안'이거든요. 사대문 안에 있어야 진짜 시내라는 느낌이 들어요. 을지로는 그 안에 있잖아요. 그리고 강남 못지않게 우리나라 경제의 심장이 되는 회사들도 많고, 갖가지 재료 파는 가게나 공업사도 많아서 활발한 느낌도 주고요. 말하자면 서울다운 서울.

설동주 하지만 위치가 좋은 만큼 리스크도 있을 것 같아요.
권민석 재개발이라든지. 여기 들어오는 사람들은 그 정도 리스크는 다 안고 들어오는 것 같아요. 청계천에서는 이미 시작됐고, 저희도 재개발 대상지역이에요. 순번이 늦을 뿐이지 점차 진행될 거예요. 요즘은 서울시가 을지로랑 세운상가에 활기가 도는 걸 긍정적으로 보고 있기도 하고 재개발 구역에서 문화재가 발굴된다고 하니 어떻게 될지는 모르죠.

설동주 지금 계신 분들이 동네에 대한 애정도 깊어서 좋은 방향을 기대할 수 있겠다는 생각도 들어요.
권민석 을지로가 워낙 뿌리가 단단해요. 한국전쟁 이후에 넘어온 이북 사람들도 많고 화교도 많은데, 그분들이 타일 공사하고 시멘트 나르고 화장실 공사 하면서 번 돈으로 여기에 가게 차리고 터를 잡으신 거예요. 저희 건물만 봐도, 저희처럼 카페나 바 운영하는 사람들은 다 2,3층에 입점해 있어요. 1층은 다 타일 가게예요. 어떤 분은 이야기해보면 '저 아직 20년밖에 안 됐어요'라는 말씀을 하세요. 그 정도로 경험 많고, 터 잡은 지 오래된 분들이 대부분이에요. 재개발이 늘 갑작스럽게 진행되다 보니 특히 이렇게 터 잡고 사신 분들께는 늘 큰 문제였는데, 을지로만큼은 그동안 대한민국 성장의 원동력이 되어준 곳이니 조금은 다르게, 천천히, 예쁘게 진행되었으면 하는 바람이죠.

•

새로운 것은 환영받지만 오래된 것은 사랑받아요

설동주 '에이스포클럽'이라는 이름은 어떻게 지었어요?
권민석 저희 아버지가 태몽을 꾸셨는데, 꿈에서 포커를 치다가 에이스 포

카드가 나왔대요. 로열 스트레이트 플래시나 풀하우스만큼 센 패는 아니지만, 멋있잖아요. 에이스가 4개. 다른 이유도 있어요. 60~70년대 영국 달스턴에 '포 에이시스 클럽(Four Aces Club)'이라는 곳이 있었어요. 여기도 재개발로 없어진 곳인데, 당시 흑인들이 런던으로 이주하면서 중심부에는 정착하지 못하니 이쪽에 모여 살았대요. 사람들이 모이면 술 마실 곳, 대화할 곳, 음악 들을 곳이 필요해지잖아요. 포 에이시스 클럽은 음악 듣는 장소인 동시에 음악을 만들고 서로의 소식과 안부를 전하는 사랑방이었어요. 런던 최초 흑인 라디오가 시작된 곳이기도 해요. 스티비 원더, 지미 클리프, 섹스피스톨스, 밥 말리 같은 대가들이 즐겨 찾았고요. 이화다방도 과거에는 시인들과 문인들의 비밀 아지트였을 거예요. 그걸 계승하자는 의미로 이름을 지었어요. 메뉴판에도 써 있어요. 'We follow the heritage of 이화다방 & Four Aces Club.'

설동주 다양한 사람들, 매력 있는 사람들이 왔으면 한 거네요.
권민석 처음에는 60~80년대 다방을 생각하고 만들었는데요. 지금은 생각이 많이 바뀌었어요. 너무 힘주다 보면 일반적인 손님들이 어려워하시더라고요. 대중적인 공간이 될 수 없단 말이죠. 가게 오픈 초반에 어떤 아저씨 손님이 들어오시더니 '어우, 여기는 젊은 사람들만 오는 덴가?' 하신 적도 있고. 그러면 안 될 것 같았어요. 지금 에이스포클럽에는 아저씨, 아줌마, 할아버지, 대학생, 불혹을 넘긴 부장님, 신입사원, 정말 다양한 사람들이 섞여 있어요. 더 다양한 사람들이 올 수 있어야 오랫동안 사랑받을 수 있을 거라 생각해요. 여기는 일별로, 월별로, 시간대별로 오시는 분들이 다 달라요. 월요일이랑 금요일에는 인스타 보고 찾아오는 사람들, 힙스터들, 그리고 옛 추억 떠올라서 오는 사람들이고요. 특히 화, 수, 목요일에는 근처 회사원 분들이 많이 오세요. 그분들이 빈티지 소품, 코스터 같은 걸 굉장히 좋아하셔서, 조금만 달라도 멋있다고 생각해 주시더라고요. 회사 빌딩과는 완전히 다른 공간이니까요.

설동주 공간 기획이나 구상은 어떻게 하셨어요?
권민석 일단 베이스가 다방이다 보니 다방 사진을 최대한 많이 참고했어요. 우리나라뿐 아니라 일본, 미국, 유럽까지 차와 술을 파는 공간 중 이화다방과 어울릴 만한 레퍼런스를 많이 찾아봤죠. 그런데 결국 이화다방이 원래 갖고 있던 색깔을 살리는 게 중요하다는 생각이 들더라고요. 그래서 기존 것을 최대한 활용하면서 소재만 조금씩 바꾸고 바 테이블을 하나 제작하기로 했어요. 지금도 옛날 모습이 많이 남아 있는데, 천장은 페인트로만 덧칠했고요. 바닥은 데코타일을 6겹이나 떼어냈어요. 주인이 바뀔 때마다 타일을 새로 깔았는지 전문장비로도 떼기가 힘들더라고요. 결국엔 공사하시는 분들도 두 손 들어버리고 저와 제 친구들이 손으로 하나하나 떼어냈어요. 1톤 트럭 2대를 꽉 채울 정도였다니까요. 공사하면서 가장 공들인 곳이에요.

설동주 공사하면서 생긴 에피소드 같은 것도 있어요?
권민석 을지로 건물이 다 옛날에 지은 건데요, 보통 철근콘크리트잖아요. 그런데 같은 철근콘크리트라도 철근이 얼마나 포함됐느냐가 중요하거든요. 요즘 부실공사라고 논란이 되는 건물들은 다 철근을 덜 넣어서 그런 거예요. 그런데 옛날에는 언제 무너질지 모른다고 이런 자재들을 다 때려넣었거든요. 옛날 건물들이 튼튼하다고들 하는데 그냥 나온 말이 아니에요. 오래됐을 뿐이지 정말 튼튼해요. 아, 공사하느라 벽을 뜯었더니 시멘트 위에 칼로 그린 그림 같은 게 나온 적도 있어요. 사람이 앉아서 뭔가 하고 있는 모습. 누구 작품일까 알아봤는데, 옛날에는 미장이들이 미장 칼로 장난삼아 벽에 그림 그리기도 했다고 하더라고요. 어차피 위에 시멘트로 문지르건 타일을 대건 할 테니까. 하지만 얼마나 예술적이에요. 미장한 직후에는 흘러내려서 이렇게 그리기도 쉽지 않을 텐데 굳기 직전에 미장 칼로 그린 거잖아요. 남겨놓고 싶었는데… 아쉽죠.

설동주 이화다방이라는 이름뿐 아니라 공간의 특색, 장점도 그대로 살려놓으신 것 같아요.
권민석 맞아요. 특히 이 타일 보고 많은 분들이 놀라세요. 옛날에는 화장실에 이런 타일이 많이 깔려 있었는데, 저희 공간처럼 전체적으로 깔려 있는 경우는 드물죠. 어디 가서 돈 주고 해달래도 요즘은 힘들지 않을까 싶어요. 을지로에도 많이 남아있지 않으니까요.

설동주 개인적으로 가장 마음에 드는 곳은 어디예요? 저는 바가 정말 마음에 들던데.
권민석 저는 문이 가장 좋아요. 벽이나 바닥에도 옛날 흔적이 많이 남아 있는데, 문도 옛날 문 그대로거든요. 처음에는 너무 오래돼서 바꾸고 싶었는데 사정상 못 바꿨어요. 그런데 손님들이 저 문을 굉장히 좋아해주시더라고요. 그래서 다 닳아 떨어질 때까지 가지고 있으려고요. 그리고 바 기물과 소품들에도 공을 많이 들였어요. 저는 에이스포클럽을, 와이프는 에이스포하우스라는 앤티크숍을 운영하는데, 해외에 나가서 잔부터 잔 받침, 우산꽂이, 가게에서 트는 음악 CD, 장식용 칵테일셰이커 등 거의 모든 물건을 저희 취향대로 직접 가져오고 있거든요. 자칫하면 너무 올드해질 수 있는 물건들도 이화다방에는 잘 어울리더라고요.

설동주 비하인드 스토리를 정말 재미있게 말씀해주시는 것 같아요. 여기 가이드북 하나 놓아둬야겠는데요?
권민석 여기 이 물고기 박제에도 의미가 있어요. 이건 어름치라는 우리나라 토종 물고기인데, 보시면 1987년에 박제된 거예요. '동현낚시 오태식'이라고 써 있는데, 누군지는 모르고요. 액자도 고급이고 바탕에도 수놓은 비단 같은 걸로 장식해놨죠. 이 정도로 큰 어름치가 많지 않거든요. 지금은 천연기념물로 지정돼서 포획도 박제도 금지돼 있어요. 저는 인터넷에 중고 판다고 올라와 있는 걸 샀고요. 진짜 오랫동안 안 팔렸다는데, 저는 보자마자 너무 마음에 들더라고요. 꼭 물고기 관련된 물건을 놓고 싶었거든요. 물고기는 잘 때도 눈을 안 감잖아요. 그래서 조선시대 자물쇠는 물고기 모양으로 만들었어요. 눈을 항상 뜨고 있으니 잘 지키라는 의미로. 저도 그런 의미를 담아서 여기 두고 있어요.

설동주 저는 여기 왔을 때 음악이 정말 마음에 들었어요. 볼륨까지 신경 쓰시는 게 느껴져서.
권민석 제가 음악을 좋아하는 편이에요. 특히 에이스포클럽을 대표하는 음악 장르는 블루스라고 생각하고요. 블루스가 4/4박자의 12마디가 반복되는 음악이라 지루하게 느껴질 수도 있지만, 단조와 변주에서 나오는 기타 연주가 정말이지 이화다방과 너무 잘 어울리잖아요. 그리고 4/4박자 드럼소리도 사람들의 대화에 자연스럽게 녹아들거든요. 오래된 위스키처럼, 오래 들을수록 귀에 자연스럽게 감기는 음악이에요.

설동주 가게도 오래된 공간, 소품도 오래된 물건, 음악도 오래된 음악이네요.
권민석 이렇게 자꾸 오래된 곳에 오래된 것들로 채우는데 오시는 분들이 늘 새롭게 느껴주셔서 손님들께도 이화다방에도 늘 고맙고 감사하죠, 저는. 사실 요즘은 카페나 음식점, 술집 같은 가게들 수명이 굉장히 짧아졌잖아요. 그래서 이화다방도 얼마나 갈지는 잘 모르겠어요. 그렇지만 저는 제가 할 수 있는 한 오래오래 하고 싶고, 특히 을지로는 한때의 유행이 아니라 지속적으로 사람들이 찾을 수 있게, 이 지역의 특색을 계속 갖고 가야 한다는 생각이 있어요.

설동주 60년 된 이화다방처럼요.
권민석 그렇죠. 이화다방도 원래 것들을 싹 밀어버린 게 아니라 기존 색깔과 정체성을 갖고 가니까 그게 또 특색 있다고 들여다보시고 사랑해주시고. 저와 아내의 운영철학이 그거거든요. '새로운 것은 환영받지만 오래된 것은 사랑받는다.' 이화다방과 에이스포클럽을 오래된 물건과 새로운 사람들로 가득 채우면서 오래도록 이 자리를 지키는 게 저희 부부의 소망이에요. 그리고 제가 이화다방의 4대 주인이잖아요. 적어도 10년은 여기서 해보고 싶고, 나중에 피치 못할 사정이 생긴다 해도 다음 주인에게 이화다방을 넘겨주고 싶은 꿈도 있어요.

켜켜이 시간을 품었지만,

자연스럽게 녹아 있는 물건들, 공간들.

알곤용접
2272-

HYUNDAI

기업
Fax : 2275-3398
JINHAE ENG. TEL : 2273-9633
영업자는

시간의 흐름에 따라 변화는 필요하겠지만, 가치를 지킬 수 있었으면.

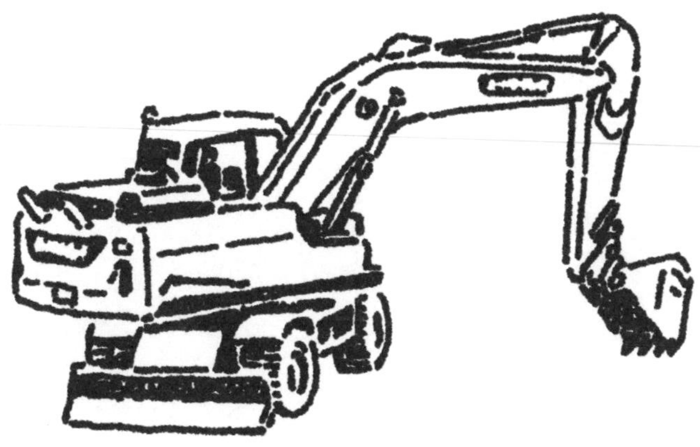

7장

을지로의 대비

낮에는 공구 소리와 쌍화탕 향기가,
밤에는 만선호프의 시끌벅적한 분위기가 거리를 채운다.
1층의 오래된 가게와 2~3층의 새 가게, 젊은이와 노인,
활기찬 핫플레이스와 재개발 공사장 그리고 밤과 낮까지.
을지로를 찾아온 사람들은 '이런 곳이 있어?'라며 놀라곤 하지만,
을지로는 그 안에서도 끊임없는 반전과 대비를 선사하는 동네다.

**"경계에 있는 기분이에요.
공장이나 시장 분들이 아침을 열고,
밤에는 회사원들이 늦게까지 일하고.
을지로는 지하철 출구에서부터
그런 대비가 느껴져요."**

Aimsak
을지로
노가리

KIHEUNG
TOOLING
PFERD

낮에는 일하시는 분들로
북적이던 거리가
저녁이 되면 노가리와
맥주와 사람들로
한층 시끌벅적해진다.

2차로 많이들 찾는 노가리 골목.

3차는 어디로 가셨나요?

원조
만선호프
본점
원조
II
premier
불법 주·정차 CCTV 단속중

12
Chungmu-ro 9
임연태 사무소
T. 2264-8963
노가리
을지로골뱅이
전문점
2285-3838
뮌헨은 맥주맛으로만 승부합니다!
TERRA

을지로 스타일 속의 자기 스타일

INTERVIEW 7.

2019. 08. 01
CAC 권동현, 이동훈

설동주 간단하게 자기소개 부탁드립니다.
권동현 저는 복잡하고 어려운 내용을 쉽고 재미있게 그림으로 표현하는 '비주얼 스토리텔러' 권동현입니다. 비주얼 중에서도 일러스트 요소를 주요 매개체로 씁니다. 조선왕조실록과 서울보물지도를 작업하고 있고, 내년에는 더 나아가 세계사를 한 장으로 표현해보려고 해요. 의학이나 법 등 좀 더 어려운 분야들도 그려볼 거고요. 일러스트 디자인 인포그래픽에 관심이 많아요.

설동주 이야기를 보다 쉽게 설명하는 작업이네요. 비주얼 스토리텔링의 매력을 좀 더 구체적으로 설명한다면요?
권동현 일단 가치 있고 중요한 내용을 효율적으로 이해할 수 있어요. 두꺼운 책 한 권을 그림 한 장으로 보는 거죠. 독자나 소비자 입장에서는 짧은 시간에 많은 분량을 중요한 부분 놓치지 않으면서 볼 수 있다는 것? 시간도 절약하고 재미도 있고, 콘텐츠를 친근하게 접할 수 있고. 저도《삼국지》를 소설보다 만화나 게임으로 먼저 접했거든요. 이미지는 언어장벽도 없으니 더 빠르게 소통, 소비될 수 있고요. 저는 디자이너니까 가장 자신 있는 '그림'으로 표현하고 싶어요. 그러면 제가 잘할 수 있는 방법으로 사람들에게도 도움이 될 것 같고. 최종 꿈은 말하자면 비주얼 스토리텔링 연구소?

설동주 정말 할 일이 많겠네요. 이동훈 대표님도 이어서 소개 부탁드립니다.
이동훈 그래픽 디자이너이자 로컬 관련 브랜드 '서울스티커샵'과 '얌얌타운'을 운영하고 있는 이동훈입니다. 2011년부터

CAC

이야기를 그림으로 표현하는 비주얼 스토리텔러 권동현, '얌얌타운'과 '서울스티커숍'의 디자이너 이동훈이 모인 스튜디오. CAC는 '청계아트클럽'의 약자다.

친구들과 두 번의 동업을 하면서 스트리트 브랜드, 향초, 인형 등 제품을 중심으로 한 브랜드들을 만들어 왔어요. 그런 일을 하면서 관심사가 '기념품', '지역적인', '이야기가 있는'으로 좁혀졌고, 나는 이런 디자인을 해야겠구나 생각하게 됐어요. 특히 로컬은 동네, 골목골목에 대한 브랜딩이 잘돼 있는 나라들이 많잖아요. 서울에서는 한창 노점상 부술 때였는데, 다른 나라에서는 골목마다 굿즈가 있는 게 너무 좋은 관광콘텐츠 같았어요. 우리나라도 골목 콘텐츠를 가지고 뭘 해봤으면 좋겠다 해서 길거리 음식으로 콘텐츠를 만들게 됐죠. 이게 두 번째로 낸 사업자예요. 그러다가 제가 하고 싶은 브랜딩으로 제가 원하는 사람들을 끌어당겨봤으면 좋겠다 싶어서 '아워스(OURS)'로 세 번째 사업자를 냈어요. 아워스는 OUR Souvenir, Story, Seoul, Smile의 의미를 담았고요. 게다가 S로 시작되는 단어들 중에 제가 좋아하는 게 많았어요. 스토리도 있고 서울도 있고 기념품(souvenir), 스포츠도 있고. (웃음) 그때 동현 씨가 을지로에서 일하고 있었는데 마침 사무실 계약 끝날 때가 됐대요. 저도 사무실을 얻어야 했으니 만날 운명이었나 봐요. 그래서 함께 사용할 사무실의 이름을 CAC로 지었어요. '청계아트클럽'의 약자예요.

설동주 을지로의 첫인상은 어땠어요?

권동현 저는 2018년부터 을지로에서 일했는데, 그때까지만 해도 지금처럼 뜰 줄은 몰랐죠. 그때는 분위기도 다르고, 서울 한복판인데 되게 낯선 곳이라는 느낌만. 저녁엔 사람도 없었어요. 약간 을씨년스러운 분위기. 디자인을 하거나 그림 그리는 친구들은 보통 홍대 쪽에 작업실을 구하잖아요. 을지로는 홍대와 굉장히 다른 스타일인데, 여기로 와야겠다고 생각한 이유가 그거예요. 위치상으로는 서울 한복판인데 섬 같은 느낌을 준다 해야 하나, 되게 멀리 온 것 같아요. 새로운 공간에 온 느낌. 시공간을 초월해서 과거에 온 것 같기도 하고. 교통이 편해서 여기까지 오는 건 빠른데, 순간이동한 것처럼 다른 풍경이 확 펼쳐지는 것도 굉장히 매력적이에요. 서울에 평생 살았지만 외국에 온 착각이 드는, 외국 스튜디오에서 일하는 느낌이라고 해야 할까요(웃음).

설동주 저도 그런 느낌 때문에 을지로가 좋아요. 겉에서 볼 때는 모르는데 골목으로 들어가면 이국적인 분위기가 있거든요. 신기한 것들도 너무 많으니까 '뭐지, 이런 것도 있어?' 하면서 보러 다니고.
권동현 여기는 블록마다 분위기가 완전히 달라지잖아요. 종묘만 가도 또 다르고. 처음 작업실은 을지로3가 쪽이었는데 딱 대기업과 을지로 소상공인 사이에 있었거든요. 경계에 있는 기분이었어요. 회사를 그만뒀지만 회사에 속해 있는 것 같고. 모든 업종이 함께 살아가는 새로운 생태계라는 느낌도 들고. 공장이나 시장 분들이 아침을 열고, 밤에는 회사원들이 늦게까지 일하고. 지하철 출구에서부터 그런 대비가 느껴져요. 을지로3가 12번 출구는 대기업 쪽이고, 11번 출구는 공장이나 작업실이 많아서 사람들도 가는 방향이 나눠지거든요. 섬 같은 곳이라고 표현했지만 을지로는 교통이 워낙 좋다 보니 위치 덕도 많이 보는 것 같아요. 손님들도 편하게 올 수 있고, 어딜 가든 환승역이니까.

•

을지로는 굉장히 빨리 뛰는 사람 같아요 에너지를 계속 받아요

설동주 이동훈 대표님은 어떻게 을지로에 오게 되셨어요?
이동훈 예전 작업실이 성북구에 있었는데 그 동네는 좀 심리적으로 외로웠어요. 전체적으로 빌라가 많은 베드타운이어서 느껴지는 에너지가 부족했고. 그걸 채우고 싶어 사람 많은 지역에 가고 싶었는데 강남은 별로 안 좋아하니까, 강북에서 가장 사람 많고 복잡한 곳을 생각해보니 명동 지역이더라고요. 마침 그때쯤 을지로 위워크가 생겼어요. 그곳 커뮤니티 매니저분이 제 브랜드도 알고 있었고요. 그러면서 을지로를 조금 더 제대로 마주하게 되었는데, 저는 빈티지컵도 모으고 동묘시장도 자주 가거든요. 옛날 것에 거부감이 없는 스타일이라고 해야 하나. 그래서 을지로 옛날 건물도 재미있어 보였어요. 그리고 신기한 게, 조금만 가면 명동이니까 백화점에서 뭐든 살 수 있는데 을지로 어느 골목에는 분위기가 전혀 다른 한약방 같은 게 있고. 오래된 골목과 번화가가 붙어 있는 경계의 매력이 있어요. 막차가 새벽 1시까지 다니니까 늦게까지 작업하기도 좋고, 기분 좋으면 걸어갈 수도 있고요.

떡갈나무 조명제작
2267-8036
스텐, 양은, 신주, 철
승진빠우
T.2272-4809
선반 밀링
T.2278-9691
성진 CNC
을지로체
C.H.E
청화기업
두진
알판 용접
우영공업사
선반 가공

MIRAE ASSET

CAC 창에서 내다본 재개발 구역.

그러다 동현 씨를 만난 거예요. 저는 을지로가 아닌 다른 곳에서 일해보고 싶기도 했는데, 같이 일하는 사람들과 잘 맞아서 계속 있게 된 거죠. 좋아하는 사람들과 일해야 잘된다는 생각이 강한 편인데, 을지로에 와서 주위에 그런 사람들이 많이 생겼어요. 긍정적인 파장을 주는 사람들이 많아졌어요. 동현이랑도 잘 맞고. 저는 무슨 비유든 의인화하는 걸 좋아하는데, 을지로는 사람으로 치면 굉장히 빨리, 잘 달리는 사람 같아요. 계속 달리는 애들. 을지로에 있으면 에너지를 끊임없이 받아요.

권동현 저도 그래요. 그전에 일했던 곳들과 비교하면 을지로는 확실히 에너지가 달라요. 에너지를 얻고 싶을 때 새벽시장 가라는 말이 있잖아요. 을지로도 인쇄소 같은 곳들이 아침 일찍부터 움직이기 때문에 되게 역동적이죠.

이동훈 창의력에도 도움이 많이 돼요. 저는 사람을 잘 찾아가는 편도 아니고 돌아다니는 스타일도 아닌데, 여기 온 다음부터는 사람들이 엄청 찾아와요. 와서 자기 이야기를 해주고 근황도 업데이트 해주니까 너무 좋아요. 풍수 때문인지, 교통 때문인지.

권동현 처음에는 둘이 쓰기에 작업실이 크다고 생각했거든요. 그런데 항상 올 때마다 손님들이 있고, 사람들로 차 있는 기분이 나쁘지 않아요. 저도 회사를 8~10년간 다니다 혼자 시작하는 게 불안하고, 아무것도 없는 상태에서 뭔가 시작하는 게 무서웠는데 사람들과 소통이 되니까 두려움도 없어졌다고 해야 하나. 결국 기운이라는 건 사람이 만들어주는 거고, 위치나 맥락상 을지로가 사람들이 모이기 좋은 곳이잖아요. 세운상가 뜻도 '세상의 기운이 모이는 곳'이고.

이동훈 보통 디자이너들은 자기만의 시간이 필요할 거라고 생각하는데 꼭 그런 건 아니거든요. 아침, 점심에는 사람들과 만나고 소통하다 저녁에 일하는 거죠, 조용하니까. 여기는 밤에 다들 문 닫으니까 작업하기 더 좋아요. 주거지가 없고 상업시설만 있어서 낮과 밤이 전혀 달라요.

설동주 말하자면 을지로에서 에너지를 얻는 거네요. 을지로를 주제로 해보고 싶은 작업은 있나요?

이동훈 저는 지금 서울스티커숍을 삼청동에 여는 데 집중하고 있어서 다른 테마를 잡고 있진 않지만, 을지로의 오래된 맛집들에는 관심이 있어요. 이 근처 '삼수갑산'이나 '용강식당' 앞에는 비가 와도 사람들이 줄을 서거든요. 로컬 관점에서 그런 콘텐츠에 관심은 있는데 구체적인 단계는 아니고요. 그래서 설동주 작가님이 이 책을 만드시는 거 아닌가요? (웃음)

권동현 계속 작업실 밖을 내다보면서 여길 주제로 뭔가 해보려는 생각은 하는데, 지금 작업하고 있는 서울보물지도의 보물이 대개 중구나 종로구에 있거든요. 사실 을지로에도 보물이 많아요. 보물을 유연하게 정의해보자면 100년 가까이 된 광장시장이나 세운상가도 보물이라 할 수 있잖아요. 잘 보면 세계문화유산이라고 붙어 있는 것도 많아요. 보물의 영역을 확대해도 재미있겠다는 생각을 해요.

설동주 을지로 보물지도 재미있을 것 같아요. 노가리 골목 오비베어가 쫓겨난다고 했을

때 다들 반대한 것도 그 사람들에게는 보물 같은 공간이기 때문이잖아요. 그런 곳들을 지도로 만들어봐도 좋겠네요.

이동훈 맞아요. 전통적인 보물 개념은 아니지만, 을지로의 노포도 보물 아닐까요?

설동주 을지로에 계시면서 자주 찾는 공간도 궁금해요.

권동현 처음에는 이렇게 섬 같은 곳에 숨은 맛집이나 카페가 재미있었어요. 간판도 잘 안 보이는데 골목을 걷다 보면 갑자기 나오니까 같이 간 사람들도 굉장히 신기해했는데, 그런 곳들이 끝도 없이 생기더라고요. 오히려 요즘에는 외부에서 일부러 놀러오는 분들이 유명한 곳을 더 잘 아세요. 저는 매일 아침 출근하면서 보는 세운상가나 대림상가 1층이 꽤 매력적이에요. 자주 찾는 장소이기도 하고, 재미있기도 하고. 어떻게 보면 그런 상가들이 있어서 요즘 스타일의 카페나 맛집의 매력이 더해지는 거고요. 상가에 가보면 다 똑같은 거 팔고 있거든요. 저분들은 똑같은 물건을 팔아서 어떻게 수익을 내는지 늘 궁금했는데, 오래 보니까 가게마다 미묘한 차이가 있더라고요. 저희도 다 이미지를 팔고 소비하는 사람들인데

각기 다른 방식으로 작업하는 것처럼, 그분들도 수십 년 동안 한 가지 분야에서 하나의 상품을 판매하는 거죠. 자세히 보면 상점마다 디스플레이도 다르고, 자기만의 노하우나 오래 하신 분들의 경험도 있어요. 그런 게 매력 같아요.

설동주 다 비슷해 보여도 다 다른 거죠.
권동현 생태계가 조성되어 있다는 느낌이에요. 다 똑같은 걸 파는 것 같아도, 이거 하나 사면 옆집 가서 저걸 사다가 조합해야 쓸 수 있는 시스템. 다 같이 상생할 수 있도록 생태계가 조성된 타운이라고 해야 할까? 마트에서 완제품을 팔다 보니 점점 쇠퇴하고 있기는 한데, 알면 알수록 DIY 하기에는 좋은 곳이죠. 그래서 메이커시티라고 이름도 붙여놓고.

설동주 요즘은 이런 건물도 많이 찾지만 대부분은 유명한 곳만 가잖아요. 상가의 같은 층인데도 노래방 기기나 오락기 파는 곳에는 사람들이 없죠. 그런데 막상 다녀보면 재미있거든요.
권동현 그래도 맛집이나 카페가 유명해진 게 좋은 영향을 미치는 것 같아요. 사람들을 불러오는 견인차 역할을 하고, 골목 다니면서 상점들도 보게 되고 무의식적으로 '다음에 이거 필요할 때 여기 와야지' 생각하게 되니까 선순환이 가능하지 않을까. 그리고 상인 분들이 굉장히 친절해요. 시골 인심 비슷한 것도 있고. 저희가 옆 상가들을 지나가면서 물건 어떻게 파시는지 궁금해하는 것처럼, 그분들도 저희가 책상 두 개 갖다놓고 어떻게 먹고 사는지 되게 궁금해하시더라고요.

설동주 여기 와서 친해진 분들도 많이 있어요?
이동훈 처음에는 문이 열려 있으면 들어왔어요. 여기 뭐하는 데냐고. 디자인 한다고 하니 구체적으로 뭐하냐고도 물어보시고. 저희가 인테리어 공사를 오래 했거든요. 뭐하는 곳이길래 이렇게 오래 걸리나 하셨대요.
권동현 저는 앞집 납땜하는 사장님이 아침마다 커피 마시자고 하세요. 그래서 자주 가는데, 일을 처음 어떻게 시작했고 어떻게 살고 지금 경제가 어떤지 이야기하세요. 재미있는데,

들어보면 걱정이 많다고는 하시더라고요. 노래방 기기나 스피커처럼 주로 전자제품을 파시는데 우리한테 이미 다 있는 것들이잖아요. 경제가 발전하던 시절에야 모두 물건을 사고 고치고 했지만 지금은 수리 정도만 하고 새 제품 생산이 거의 없대요. 이제는 동남아 쪽으로 수출한다고 하더라고요.

•

을지로에는 한 줄로 표현되는 스타일을 고수하는 곳이 많아요

설동주 요즘 을지로가 핫플레이스잖아요. 어떻게 생각하세요.
이동훈 '힙지로'라고 하더라고요. 솔직히 거부감이 드는 게 사실이에요. 한동안 붐이 지속되겠지만 그다음에는 어떨지 궁금해요. 저는 속된 말로 '존버'하는 게 매력인 것 같아요. 산수갑산 사장님이 이렇게 잘되실 줄 알고 하셨겠어요? 그냥 하셨겠죠. 버티면 되는 거예요. 그렇게 버텼는데 콘텐츠가 좋았던 거고, 콘텐츠가 좋으면 되는 거구나 싶어요. '다전식당'도 콘텐츠가 있잖아요. 루프탑에서 먹는 청계천 삼겹살 이런 거. 그 한 줄이 뭔가 매력 있잖아요. 산수갑산도 그래요. 보통 순댓국집은 예컨대 '동훈순댓국'처럼 사람 이름을 붙이잖아요. 그런데 거기는 산수갑산인 거야. 그러면 왠지 좀 멋있는 느낌 나잖아요. 또 재미있는 게, 자기가 좋아서 하는 가게들이 있어요. 더 재밌는 건, 그 스타일을 따라한 것 같은 가게는 들어가서 보면 알아요. 그게 너무 재미있어요. 여기는 정말 자기가 좋아서 했구나, 여기는 을지로 스타일로 했네. 직관적인 게 많아서 재밌어요. 막상 많이 가는 곳은 을지순댓국이지만(웃음).
권동현 을지로가 창의성에 도움이 되는 이유가, 다양한 산업군의 사람들이 많아서이기도 해요. 가령 역삼이나 선릉에는 게임회사나 일반 기업이 많고 여의도 가면 금융권 있고 홍대에는 출판, 디자인이고. 그러다 보면 알게 모르게 비슷한 사람들만 만나게 되거든요. 그런데 을지로는 직업도 직군도 나이와 세대도 다르다 보니 다양한 삶의 방식을 보면서 창의성을 배우는 게 아닐까 하는 생각이 들어요.

설동주 제 생각에도 이 시대에, 이 타이밍에 이렇게 다양한 사람들이 모이는 곳은 을지로밖에 없지 않을까 싶어요. 생산자, 메이커가 많다는 점도 그렇고.
권동현 가게 하는 분들도 파는 사람이라기보다는 무언가를 만드는 사람이고. 일종의 동질감을 느껴요. 제품을 만들거나 인쇄하러 공장 찾아가면 다른 동네에서는 무조건 안 된다고 하잖아요. 그런네 이 동네는 무조건 다 된대요. 그리고 되게 흥미로워해요. 봐봐. 줘봐. 뭔데? 이러시면서.
이동훈 제가 아는 사장님은 일단 앉아보라고 하고는 전화를 해요. 믹스커피 두 잔 갖고 와, 하면 진짜 커피가 와요. 옛날에 그랬던 것처럼. 그거 마시면서 '일단 자네 데이터를 보니까' 이렇게 이야기하다가 '그런데 이거 어디다 팔 건가?' 물어보고 대답 듣고 솔루션도 주세요. 이건 싸게 팔면 안 된다, 부터 시작해서. 그리고 어디서 들은 이야기나 아이디어를 조합해서 저한테 빨리 해보라고 하시는 거예요. 그분들도 말하자면 동질감을 느끼는 것 같아요. 얘도 나같이 뭔가 만드는 애인데, 내 아이디어로 얘가 뭘 할 수 있을 것 같으니까 말을 꺼내는 거야.

설동주 두 분이 을지로를 좋아하시는 게 느껴져요. 그런데 여기도 분명히 변할 거잖아요. 이렇게 변했으면 좋겠다, 싶은 모습이 있을까요?

이동훈 글쎄요. 사실 처음 들어왔을 때는 위화감이 있었거든요. 오시는 분들이 이 건물 안전하냐고 물어볼 정도로. 정전이 돼도 어색하지 않은 분위기잖아요. 저녁은 더 그렇고. 그런데 저쪽에는 가장 비싼 땅에 금융기업들 있는 대조적인 분위기고. 그런데 낮에는 공업자 분들이 엄청 많고. 이런 그림은 누가 의도한 게 아니잖아요. 어쩌다 보니 이렇게 됐는데, 이게 매력적인 거잖아요. 그래서 어떻게 변했으면 좋겠다고 바라는 것도 좀 이상한 것 같고, 그냥 막 변해도 재미있겠다 싶어요.

권동현 저도 같은 생각이에요. 처음에는 무조건 개발 반대하고 보존만 맞다고 생각했는데, 상충되는 부분도 있겠지만 함께 만들어가는 모습이 더 멋있을 것 같아요. 동대문 DDP도 아예 다 부수고 우주선 같은 건물을 새로 갖다놓은 건데 지금은 랜드마크가 됐잖아요. 어쩌면 이렇게 융합을 거치다 보면 서울의 중심인 을지로가 역사를 다 보존한 신기한 공간이 되지 않을까 하는 기대도 듭니다.

OB
BEER OB맥주 OB

다 같은 것처럼 보여도
자세히 보면 각자만의 노하우와 변주가 있다.

LED조명
특수조명
광흥종
Tel: 2266-6787

상사
아답타
x: 757-1467
설치
상담
퓨터 케이블 , 공유기 ,
T·2274-2203 , 2267-7543 F

한국관
24시
1,2F

대림상가
1층 2층 3층 4층
국회 보고대회
소상공인 죽이고
소비자 속이는

명물 이층버스 정류장 City Tour Bus Stop

뮤지컬 맘마미아!
BENNY ANDERSSON & BJÖRN ULVAEUS'
MAMMA MIA!
ABBA 음악으로 만든 최고의 뮤지컬
2019.7.16 GRAND OPEN
LG 아트센터

을지로에서 마주친

강렬한 대비의 순간들.

DOOSAN

무림페이퍼

여기,　　을지로.

플라자
을지
50

①

청계천을 따라 걷다 들러보고 싶은 곳

• 페이보릿(favorite)

〈페이보릿〉 매거진 스튜디오이자 커피, 맥주, 와인을 마실 수 있는 숍. 〈페이보릿〉은 '좋아하는 일을 의미 있게 하는 사람들의 삶'을 테마로 한 인터뷰 형식의 잡지다. 운영자가 직접 큐레이션한 다양한 잡지와 책이 한쪽 벽에 비치되어 있으며, 주말에는 다양한 토크도 진행된다. 실내 분위기도 좋고, 옥상에서 볼 수 있는 을지로 야경도 일품.

서울시 중구 청계천로 166-1 5층
OPEN 14:00~22:00
DAY OFF 인스타그램 공지

• 향연

세운상가 맞은편 건물 6층에 위치한 와인바. 옥탑방에 올라가는 듯한 좁은 계단이 찾는 이를 설레게 만든다. 치즈, 올리브, 프로슈토, 과일에 김부각까지 나오는 '향연 플레이트'가 추천메뉴. 특히 김부각은 직접 만든 명란마요와 환상궁합을 자랑한다. 메인 테이블과 좌식 자리도 아늑하지만, 뷰가 좋은 옥상정원 자리가 특히 인기. 예약을 해야 앉을 수 있으니 기억해두자.

서울시 중구 청계천로 166-1 6층
OPEN 18:00~23:00, 토요일 17:00~23:00
DAY OFF 일요일, 월요일

- **다전식당**

삼겹살 야외 먹방이 가능한 곳. 업력이 오래된 백반집이라 대부분의 메뉴가 맛있다는 점도 좋지만, 청계천이 한눈에 내려다보이는 뷰와 함께 삼겹살을 구워 먹을 수 있다는 점이 첫손에 꼽힌다. 천장이 있어 비 오는 날에도 야외에 앉을 수 있다. 생오겹살이 유명하며, 주문은 3인분부터 가능하다. 물, 술, 잔, 수저, 앞접시 등은 셀프.

서울시 중구 청계천로 160 청계상가 바 301
OPEN 09:00~21:00
DAY OFF 일요일

- **쎄투(Cetu)**

따뜻하고 아늑한 분위기를 즐기고 싶다면 이곳으로. 시즌별로 다른 디저트와 토스트를 내놓기 때문에 가기 전 메뉴를 체크하는 것이 좋다. 초콜릿 케이크와 당근 케이크는 고정메뉴인데, 특히 당근 케이크는 줄줄이 당근이 늘어선 당근밭을 연상시키는 데코레이션으로 인기가 많다. 딸기가 소복하게 올라간 홍차 딸기 밀크티도 인기메뉴.

서울시 중구 충무로9길 12 4층
OPEN 12:00~20:00
DAY OFF 일요일, 월요일, 공휴일

②

을지로의 분위기를
카메라에 담고 싶다면

• 방산시장

'종합포장 인쇄타운'이라는 말에 걸맞게 쇼핑백, 박스, 판촉물, 목형·금형, 비닐포장, 스티커까지 갖가지 물품을 만나볼 수 있는 곳. 의류 부자재나 액세서리 등까지 취급할 정도로 품목이 다양하다. 업력이 오래된 가게들이 물건을 산더미같이 쌓아놓고 바쁘게 돌아가고 있어 예스러운 을지로 분위기를 구경하기 좋다.

서울시 중구 을지로33길 18-1
OPEN 평일 09:00~18:00, 토요일 9:00~15:00(점포마다 상이)
DAY OFF 일요일(점포마다 상이)

• 인쇄골목

1960년대부터 대한민국 인쇄업의 중심 역할을 해온 곳. 과거에 비해 규모는 작아졌고 빈자리도 생겼지만, 바쁘게 돌아가는 인쇄업을 눈으로 확인하기에는 충분하다. 최근에는 청년사업가와 예술가들이 융화되면서 이곳의 가치를 보존하는 동시에 새로운 특색을 살리려는 움직임이 일고 있어, 거리 사이사이에 독특한 가게들을 찾는 재미도 쏠쏠하다.

서울시 중구 을지로·충무로 일대
OPEN 점포마다 상이
DAY OFF 점포마다 상이

• 광장시장

서울에서 시장 분위기를 느끼고 싶을 때 가장 먼저 떠올리는 곳. 빈대떡, 육회, 국밥, 마약김밥 등 특색 있는 먹거리로 유명하다. 내국인뿐 아니라 외국인들에게도 관광명소로 알려져 있어, 퇴근 후나 주말에는 다양한 사람들로 북적이는 활기찬 분위기를 찍을 수 있다.

서울시 종로구 창경궁로88
OPEN 먹자골목 09:00~23:00(연중무휴), 구제상가 10:00~19:00(점포마다 상이)
DAY OFF 점포마다 상이

• 망우삼림

촬영과 현상소를 겸하는 사진관. 지금은 필름 현상을 주로 하고 있다. 망우삼림은 '나쁜 기억을 지워주는 망각의 숲'이라는 뜻. 홍콩영화를 연상시키는 네 글자 네온사인과 타일, 레트로한 소품에서 주인장의 취향이 엿보인다. 스캐너 종류도 많고 색감과 화질에 따라 가격대가 모두 다르기 때문에, 초심자라면 직원에게 잠시 상담을 받아봐도 좋다. 고양이 '먕먕이'가 상주 중.

서울시 중구 을지로 108 3층
OPEN 평일 10:00~20:00, 주말 13:00~20:00
DAY OFF 수요일

③
오래도록 사랑받은 을지로의 맛

• 우일집

노포가 즐비한 을지로3가에서 어머니와 딸이 50년 동안 자리를 지켜온 곱창집. 고기는 마장동에서 직접 가져온다고 한다. 오래된 곳인 만큼 밑반찬에서는 내공이, 꾸밈없이 소박한 내부에서는 역사가 느껴진다. 점심에만 판매하는 칼국수도 방송에 소개됐을 정도로 유명한 메뉴.

> 서울시 중구 을지로15길 7
> **OPEN** 11:00~22:00, 일요일 14:00~22:00
> **DAY OFF** 없음

• 산수갑산

을지로 노포 하면 빼놓을 수 없는 순대 전문점. 국물이 진하면서도 담백한 순댓국은 다대기를 풀어도 텁텁하지 않은 맛이 돋보이고, 순대모둠은 대창순대와 새끼보, 위장, 머릿고기 등 푸짐한 구성을 자랑한다. 특히 대창순대는 꼬들꼬들하게 씹히는 식감이 일품. 점심 저녁 가리지 않고 찾는 사람이 많으니 대기시간을 염두에 두고 방문하자.

> 서울시 중구 을지로20길 24
> **OPEN** 11:30~22:00(브레이크타임 15:00~17:00)
> **DAY OFF** 일요일

• **은주정**

점심에는 쌈 싸먹는 김치찌개, 저녁에는 삼겹살에 김치찌개를 파는 곳. 방산시장 상인들과 다른 곳에서 오는 손님들로 항상 붐비는 데다 단일 메뉴만 팔기 때문에, 자리에 앉으면 사람 수대로 주문이 바로 들어간다. 쌈채소가 다양하고 푸짐한 것이 장점. 사리, 당면, 음료수는 자판기로 판매하기 때문에 먹고 싶은 만큼 뽑아오면 된다.

서울시 중구 창경궁로8길 32
OPEN 점심 10:30~17:00, 저녁 17:00~22:00
DAY OFF 일요일

• **우래옥**

1946년부터 70년 넘게 명맥을 이어온 평양냉면 전문점. 2017년부터 3년 연속 미슐랭 가이드에 선정되었다. 육수의 깊은 맛이 일품이고 김치, 배 고명, 고기 등 다채로운 재료가 들어가 있어, 평양냉면 마니아뿐 아니라 처음 시도해보는 초심자에게도 추천할 만하다. 내부 인테리어에서는 오래된 곳이라는 느낌이 물씬 나지만 그만큼 정갈하고 깔끔한 품격이 있다.

서울시 중구 창경궁로 62-29
OPEN 11:30~21:30
DAY OFF 월요일, 명절

④
커피를 사랑하는 당신이 을지로에 온다면

• 호랑이

메뉴는 딱 세 가지, 호랑이라떼와 아메리카노, 후르츠산도. 특히 고소하면서도 달달한 호랑이라떼가 마니아들의 입맛을 사로잡고 있다. 후르츠산도는 제철 과일을 사용해 계절마다 재료가 바뀐다. 외관과 실내 모두 복고풍 느낌이 물씬 나고, 테라스에서는 을지로 거리가 내려다보여 분위기 즐기기에 좋다.

서울시 중구 을지로 157
OPEN 평일 11:00~19:30, 금·토 11:00~20:00
DAY OFF 일요일

• 커피한약방

좁은 길목을 따라가다 보면 마술처럼 나타나는 곳. 목재가구와 약장, 요즘에는 보기 어려운 자개장까지 내부 소품과 인테리어가 그야말로 복고감성을 자극한다. 옛 혜민서 터에 자리 잡고 있다는 것도 포인트. 인테리어와 분위기가 좋을 뿐 아니라 커피 맛도 일품이어서 늘 사람이 끊이지 않는다. 맞은편에는 디저트 카페 혜민당이 있다.

서울시 중구 삼일대로12길 16-6
OPEN 평일 08:00~22:30, 토·일요일과 공휴일 11:00~22:30
DAY OFF 없음

• **챔프커피**

이태원의 작은 작업실에서 시작해 을지로까지 진출한 곳. 챔프라떼와 초코쿠키가 시그니처 메뉴이고, 에스프레소는 두 가지 커피 블렌딩을 고를 수 있다. 커피 잔 위에 쿠키를 올려서 사진 찍는 SNS 명소이기도. 찾아가는 길이 어렵지만 커피 맛을 즐기는 사람들로 늘 북적인다.

서울시 중구 을지로157 라열 3층 381호
OPEN 11:30~20:00
DAY OFF 일요일

• **커피사 마리아**

옛날 영화에서나 볼 수 있었던 책걸상에 앉아 커피를 즐길 수 있는 곳. 투박해 보이지만 그만의 멋과 포근함이 느껴진다. 바닥이 불그스름한 카펫이라는 점도 포인트. 한쪽에는 그림 작업 공간이 마련되어 있는데, 이곳에서 드로잉 원데이클래스도 진행하고 관련 굿즈도 판매한다. 그림뿐 아니라 브루잉 클래스도 열리고 있으니 한 번쯤 확인해보는 걸 추천.

서울시 중구 을지로3가 278
OPEN 12:00~20:00
DAY OFF 일요일

⑤
들러볼 만한 특색 있는 맛집

• 줄리아

홍콩 뒷골목 느낌이 물씬 풍기는 곳. 출입문에는 BOOK이 써 있지만 옛날 전화기와 팸플릿이 놓인 입구 쪽을 지나면 의외로(?) 중식당이 나온다. 어둑어둑하면서 아기자기한 레트로 분위기를 만끽할 수 있다. 마라탕과 마라샹궈가 인기고, 튀긴 꽃빵으로 만들어 연유에 찍어 먹는 멘보샤가 유명하다.

> 서울시 중구 수표로 48-12
> **OPEN** 17:00~24:00
> **DAY OFF** 일요일

• after jerk off

스튜디오 브랜드 아조(AJO)에서 운영하는 카페 겸 와인바. 낮에는 카페, 밤에는 와인바로 변신한다. 곳곳에 불상과 붉은 조명이 손님을 맞이하고 바 아래에는 새하얀 잉어가 헤엄치는 수족관이 있어 묘한 분위기를 자아낸다. 창가에 앉으면 을지로 도심 풍경도 구경할 수 있다. 시그니처 메뉴는 소금과 술이 들어간 커피.

> 서울시 중구 수표로 42-21
> **OPEN** 평일·일요일 11:30~24:00, 금·토요일 11:30~01:00
> **DAY OFF** 매월 마지막 주 월요일

• **스탠딩바 전기**

공간은 좁지만 구조를 최대한 활용한 재미가 느껴지는 곳. 한자를 활용한 유리간판 디자인도 예쁘다. 주방을 보고 빙 둘러서서 마시는 자리가 있고, 가장 안쪽에는 6~8인 규모 스탠딩 테이블이 있다. 을지로의 힙한 분위기와 함께 다양한 종류의 술을 즐길 수 있다. 다만 공간이 넓지는 않으니 돌아다닐 때 주의할 것.

서울시 중구 수표로 42-19
OPEN 18:00~24:00
DAY OFF 월, 일요일

• **경일옥 핏제리아**

옛 설렁탕집 '경일옥'의 이름을 따온 화덕피자 전문점. 경일옥 핏제리아가 들어오기 전에는 '홍복문화사'라는 인쇄소였는데, 간판이며 외관을 고치지 않고 그대로 쓰고 있다(찾아갈 때 주의하자). 편집숍 오팔을 테마로 만든 피자를 포함해 피자, 빠네, 파스타까지 다양한 메뉴를 맛볼 수 있다.

서울시 중구 을지로16길 2-1
OPEN 11:30~21:00(브레이크타임 15:00~17:00, 토요일에는 브레이크타임 없음)
DAY OFF 일, 월요일

⑥
을지로의 역사를 알아보고 싶다면

- **신을지유람**

2016년 을지유람 이후 중구가 3년 만에 선보이는 을지로 투어. 방산시장에서 청계대림상가까지 해설사의 설명과 함께 총 20개 지점을 둘러보며 을지로 산업의 현재와 미래를 짚어본다. 지하철 을지로4가역 6번 출구에서 출발해 방산시장 비닐·제지와 초콜릿·베이킹 거리, 성제묘, 염초청 터, 향초·디퓨저 DIY 상가, 포장인쇄골목을 지나 중앙아파트, 을지로 예술가 작업 공간을 거쳐 청계대림상가, 조명거리, 마지막으로 을지로3가 노가리호프에서 끝난다. 중구청 도심산업과에서 사전 신청을 받으며, 4명 이상이면 해설사가 배정된다. 평일과 토요일 오후 3시에 운영되고, 참가비는 무료다.

- **염초청 터**

조선시대 화약을 만들던 관아로, 임진왜란 때 설치돼 임오군란까지 기능했다. 표지석은 청계천 마전교 건너편 횡단보도 앞에 있다.

- **중앙아파트**

1956년 지어진 국내 최초의 아파트. 방 하나, 마루, 부엌, 화장실을 갖췄다. 당시에는 아파트라는 개념이 없었기 때문에, 수세식 화장실과 입식 부엌을 구경하러 오는 사람도 많았다고 한다.

- **을지로 예술가 작업 공간**

  청년 예술가들의 주요 무대인 산림동 일대. 중구는 2015년부터 을지로의 낡은 공가를 저렴하게 임대해 예술가들에게 작업실을 지원하면서 을지로의 이미지를 개선하려는 프로젝트를 진행 중이다. 현재 9팀이 활동 중.

- **세운메이커스큐브**

  청계대림상가 2~3층 보행데크에 마련된 공간으로, 다시세운 프로젝트의 핵심이다. 스타트업과 메이커들이 주로 입주해 있다.

- **노가리호프 골목**

  지하철 을지로3가역 3번 출구 일대, 노가리를 파는 호프집이 몰려 있는 골목. 1980년 노가리를 메인 안주로 삼은 을지OB베어가 문을 열면서 현재의 상권이 형성됐다. 2010년대 초까지만 해도 노인들이 많았으나, 지금은 2030까지 폭넓은 손님들이 찾는다.

⑦
을지로에서 만나는 세계 음식

• 도이농

소고기 쌀국수가 맛있는 태국음식 전문점. 문을 열고 들어가면 벽에 그려진 그림부터 현지 물건들로 구성된 소품, 계산대에 놓인 태국 지폐, TV에서 흘러나오는 태국 방송까지 우리나라가 아닌 듯한 독특한 분위기를 엿볼 수 있다. 빈티지 아이템을 좋아하는 분, 이국적인 식사를 원하는 분들에게 추천.

서울시 중구 을지로9길 14
OPEN 평일 11:00~21:00, 토요일 12:00~21:00(브레이크타임 15:00~17:30)
DAY OFF 일요일

• 훅트포케

커피한약방으로 들어가는 골목 안쪽에 위치한 포케 전문점. 하와이 음식인 포케는 샐러드 위에 해산물을 올려먹는 형식에서 시작되었다고 한다. 입구부터 청회색 벽면과 민트색 문, 그리고 핑크색 조명이 시선을 끈다. 이미 정해진 메뉴를 골라도 좋고, 베이스인 밥과 샐러드를 선택하고 메인 메뉴와 토핑을 골라도 된다. 테이블도 있고 바 자리도 있어서 혼밥하기도 좋다.

서울시 중구 삼일대로12길 18
OPEN 평일 11:00~21:00(브레이크타임 14:30~16:30), 토요일 11:30~20:30(브레이크타임 없음)
DAY OFF 일요일

• **창화루**

만두 맛집으로 유명한 창화당의 세컨브랜드. 네온사인 간판부터 화려한 분위기를 뽐내는데, 천장에는 한옥처럼 목재가 드러나 있고 가운데에는 색색깔 등이 달려 있어 보는 재미가 있다. 만두뿐 아니라 새우어향가지, 차돌마라탕면 등 식사류와 요리류 메뉴도 다양하다.

서울시 중구 을지로11길 26-1
OPEN 평일 11:30~22:00(브레이크타임 16:00~17:00), 주말 11:30~22:00(브레이크타임 없음)
DAY OFF 없음

• **잔**

루프탑에 위치한 카페 겸 와인바. 낮에는 커피를, 밤에는 와인을 판다. 커피 주문은 오후 7시까지. 다양한 빈티지 잔을 갖춰놓고 있는데, 원하는 잔을 고르면 거기에 주문한 메뉴를 내어준다. 특히 드립퍼를 잔 위에 올려놓고 커피가 연유에 섞이길 기다렸다 마시는 베트남 연유커피가 인기메뉴. 간판 없이 작은 입간판만 있으니 찾아갈 때 유의하자.

서울시 중구 수표로 52
OPEN 평일 11:30~24:00, 일요일 12:00~20:00
DAY OFF 일요일

⑧

예술을 사랑하는 당신을 위해

• 가삼로지을

'을지로3가'를 뒤집은 이름에서부터 위트가 느껴지는 작은 전시공간. 아주 비좁은 골목 안 아주 의외의 공간에 자리 잡고 있는데, '여기서 전시를 한다고?' 싶은 마음을 미리 알았는지 입구에 "여기서 전시합니다"라고 손글씨로 써붙여 놓았다. 전시는 매달 마지막 주에 진행되기 때문에 방문 전 인스타그램을 꼭 체크하자. 관람료는 무료.

서울시 중구 을지로15길 5-6 3층
OPEN 12:00~20:00

• 중간지점

4인의 젊은 작가가 모여 만든 곳. 공간적으로도 중간, 작업적으로도 중간 진행 중인 결과물을 전시하는 공간이라는 의미다. 흔한 사무실 문처럼 생긴 출입문에 진행 중인 전시 포스터를 붙여놓고 있어, 일단 실내로 들어가면 찾기 어렵지 않다. 작가 4인의 전시뿐 아니라 외부 작가의 작품도 선보이고, 영화와 다른 콘텐츠를 연결하는 프로젝트도 주기적으로 시행하고 있다.

서울시 중구 을지로14길 15 장양빌딩 7층 703호
OPEN 13:00~19:00
DAY OFF 월요일

• **N/A갤러리**

사진작가 2인이 '스뎅 골목'에 오픈한 갤러리. 2층은 갤러리, 3층 한쪽은 카페로 구성되어 있어 커피나 술 한잔과 함께 여유롭게 작품을 감상하길 바라는 작가들의 마음이 느껴진다. 3층에서는 전시 도록, 옷, 사진집을 감상할 수 있는 공간도 따로 마련되어 있으며, 카페 곳곳에 보이는 사진작품은 모두 갤러리를 연 오진혁 작가와 박진우 작가의 작품이다.

서울시 중구 을지로4가 35 2~3층
OPEN 13:00~23:00

• **page.mail(페이지메일)**

망우삼림과 같은 건물에 있는 빈티지 포스터 숍. 다양한 포스터나 인테리어 액자를 직접 보고 구매할 수 있으며, 엽서나 작은 굿즈도 갖추고 있다. 종이 편지를 뜻하는 이름(페이지메일)답게 '아름답고 의미 있는 종이 콘텐츠를 소개하도록 노력하겠다'는 바람이 엿보이는 곳.

서울시 중구 을지로 108 202호
OPEN 12:30~19:00
DAY OFF 일, 월, 화요일

Epilogue

을지로,
그리고 수집

어릴 때 살던 염리동 골목은 지금 아파트 단지로 바뀌어 있다.
유년기를 보낸 골목이 사라지고 아파트가 들어설 때의 아쉬움을 지금도 기억한다.
그 아쉬움이 아마 을지로라는 동네를 특별하게 바라보게 된 계기였던 것 같다.

염리동과 을지로뿐 아니라 도시의 모든 곳은 끊임없이 변한다.
지금 생각해보면 염리동에 아쉬움을 느꼈던 건 동네가 사라져서라기보다는
내가 사랑했던 동네의 풍경을 기록하고 수집하지 못했다는 이유가 컸다.
변화의 과정을 함께하고 그 모습을 남긴다는 건 나에게
남다른 의미를 지닌 일이었기 때문이다.

나는 을지로를 그림과 사진이라는 방법으로 기록하고 수집했지만
이 책을 읽은 분들은 자신만의 방법으로
각자가 사랑하는 곳들을 더 많이 기억하고 수집해주셨으면 하는 바람이다.
그 기록과 관심이 하나 둘 모인다면 이 도시의 다음 모습도
누군가에게는 '오래 기억하고 싶은 곳'으로 남을지도 모른다.
이 책의 기록은 여기까지지만, 앞으로도 나의 을지로 수집은 계속 이어질 것이다.
지금 을지로를 만나게 되어 기쁘고 감사하다.

설동주

설동주

펜 드로잉과 사진을 통해 도시의 다양한 모습들을 기록하고 수집하는 일러스트레이터.
화가, 만화가, 영화감독, 애니메이션 감독까지 여러 꿈들을 지나다 보니 결국 시작점인 그림으로 돌아왔다.
여행지에서의 기억을 더 깊게, 더 오래 남기고 싶어 펜 드로잉 작업을 시작했는데,
지금은 도시의 기억을 더 깊고 오래 남기고 싶어 이 책을 쓰게 되었다.

- 《동경식당》, 《기차》 출간
- 대안공간 Rogue Camp 'City trekking' 개인전시
- 소다미술관 '일상의단면' 전시
- 10초 국제애니메이션 페스티벌 라이브 드로잉쇼
- 〈김국진 오석태의 여보세요 영어〉 삽화 일러스트레이션
- LG 그램 올데이 노트북 드로잉 애니메이션 제작 및 촬영
- 〈People In IT〉 매거진 삽화
- 〈김국진 오석태의 여보세요 영어〉 삽화
- 〈Magazine B〉 Hoshinoya, Kyoto, Bankok 편 삽화
- 공공일호(구 샘터건물) 일러스트레이션
- Raison French Line 커버 일러스트레이션 디자인
- 멜론뮤직어워드 워너원 소개 라이브드로잉 영상 촬영
- 청와대 사랑채 '어서와 봄' 전시 참여
- 스타벅스 이대R 매장 20주년 기념 리뉴얼 1호점 벽화
- 1LDK Seoul 2주년 기념 전시
- 비바스튜디오×설동주 캡슐컬렉션 협업
- 까르띠에 저스트앵끌루 파티 라이브드로잉
- 청와대 연하장 일러스트 드로잉
- 독립출판물 《Tokyo 16/17》, 《Square in Seoul》, 《Panorama Creatures》 등 다수

에폭시
1층 3층

형제사

카렌다
주문 받습니다
고주파

대양고주파
3F

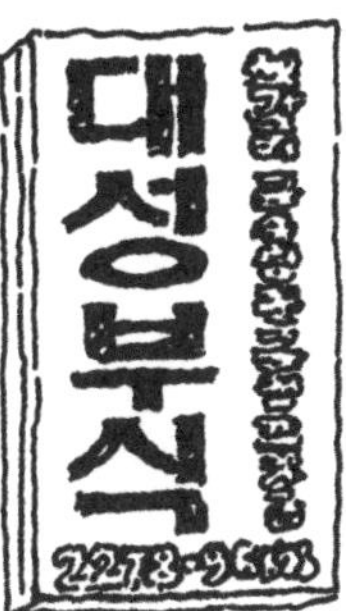
대성부식

초판 1쇄 발행 2020년 1월 23일

지은이 설동주 | 펴낸이 권정희 | 총괄 김은경 | 펴낸곳 (주)북스톤
주소 서울특별시 성동구 연무장 7길 11, 8층
대표전화 02-6463-7000 | 팩스 02-6499-1706
이메일 info@book-stone.co.kr
출판등록 2018년 7월 13일 제2018-000222호

ISBN 979-11-87289-79-1 03810
비컷은 (주)북스톤의 임프린트입니다.

이 책의 국립중앙도서관 출판예정도서목록(CIP)은
서지정보유통지원시스템 홈페이지(http://seoji.nl.go.kr)와
국가자료공동목록시스템(http://www.nl.go.kr/kolisnet)에서 이용하실 수 있습니다.
(CIP제어번호: CIP2020000883)
책값은 뒤표지에 있습니다. 잘못된 책은 구입처에서 바꿔드립니다.

-

비컷은 내 삶을 내 방식대로 디자인하고 주도해가는 사람들의 이야기를 전합니다.
타인의 기준이나 세상의 잣대가 A컷이라면, B컷은 내가 진짜 좋아하는, 끝까지 끌어안고 싶은 것입니다.
비컷을 통해 나의 삶, 나의 이야기를 독자들과 나누고 싶으신 분들을 기다립니다.